Ficcionario

Sicario
Diario del diablo
Víctor Ronquillo

Ediciones B
Grupo Zeta

Barcelona • Bogotá • Buenos Aires • Caracas • Madrid • México, D.F. • Montevideo • Quito • Santiago de Chile

1ª edición: abril 2009

Bradley 52, Colonia Anzures. 1159, México, D.F.
www.edicionesb.com
www.edicionesb.com.mx

ISBN 978-607-480-011-1

Impreso por Quebecor World.

Sicario
Diario del diablo
Víctor Ronquillo

I

Sobre el gris asfalto, pintado de rojo con trazos sutiles y extraños, estaba el perro. Imagen de una particular mitología, pintura rupestre de la época del horror, con el hocico abierto de manera salvaje. Un animal enfurecido. Una amenaza, un conjuro, la advertencia de que en torno a ese lugar rondaba el mal.

La imagen del perro establecía una suerte de límite, marcaba la calle, aparecía cerca de esa casa construida con modestia sobre las sinuosidades del cerro.

Era temprano, una mañana soleada y calurosa. Bajé del automóvil alquilado y caminé rumbo a aquella casa sin atreverme a pisar la imagen del perro que parecía custodiar el sitio del que, un par de noches atrás, había salido un hombre para asesinar a doce personas en una cruel jornada de absurda cacería.

Su nombre era René Arias, vecino de San Jerónimo, un pueblo de Guerrero cercano a Atoyac, a una hora de Acapulco y sus playas contaminadas. La casa, como muchas casas de esos pueblos, parecía estar en permanente construcción, con cuartos que se apiñaban unos sobre otros. Una casa de pobres con puerta de madera derruida. Una casa abandonada después de la tragedia.

Llamé a la puerta un par de veces antes de asomarme por una de las rendijas que había entre los tablones. Observé los peldaños de una escalera de piedra y un lavadero colmado de trastes sucios; por ahí rondaba una solitaria gallina en busca de comida. Me atreví a empujar la desvencijada puerta que alguna vez estuvo pintada de verde. Estaba abierta. Dije buenos días y entré. Bajé por las escaleras de piedra hasta el patio donde la gallina buscaba en la tierra algo que comer y llegué a la cocina en la que había una estufa, una mesa, unas cuantas sillas y varias cajas de cartón vacías. Volví sobre mis pasos hacia la escalera y después de subir cinco, siete peldaños, me encontré con una puerta cerrada con candado. Frente al cuarto cerrado había otro abierto, con un par de camas sin hacer y un viejo ropero de luna. Me sorprendió mi imagen reflejada en el espejo del mueble; el intruso que andaba con sigilo tras la historia de un asesino múltiple.

Había llegado a Acapulco la tarde anterior, y después de alquilar un auto fui directo al forense. Luego de esperar un rato, de mirar a la secretaria del encargado hacer una llamada tras otra, por fin apareció el doctor Jiménez con una pulcra bata blanca: cincuentón de aspecto plácido, ajeno al tenebroso lugar donde trabajaba.

Lo seguí hasta su oficina y nos sentamos cerca de un ventilador que estaba lejos de mitigar el fuerte calor. Una pequeña oficina, con expedientes abandonados sobre el escritorio y los grises estantes. Jiménez tenía una foto de su familia, una mujer morena y un par de adolescentes le sonreían, recordándole que más allá de los muertos refrigerados en ese modesto edificio alguien lo esperaba en casa.

—¿Han venido a reclamar el cuerpo? –pregunté, después de darle un sorbo al vaso de agua que el propio Jiménez me había servido.

—Nadie, ni creo que vengan. Ese cuerpo va terminar en la fosa común.

La fosa común: podía imaginar esa profunda oquedad en la tierra del cementerio municipal como la antesala del infierno. Ahí terminaban los cuerpos de los muertos olvidados.

La enésima ola de violencia azotaba al puerto, era otro episodio de la disputa por el control de la plaza de Acapulco, un generoso mercado para el narcomenudeo, un santuario con vista al mar y todas las comodidades de un destino turístico internacional, donde más de un barón del narco mexicano había encontrado refugio. En las últimas semanas los muertos sumaban ya un par de docenas, incluidas tres cabezas encontradas en un baldío, cuyos cuerpos seguían desaparecidos. Siete de los ejecutados eran policías, otros diez llevaban consigo alguna identificación, tal vez apócrifa, de los demás se ignoraba su identidad.

—Aquí ya no hay lugar para tanto ejecutado, tengo las gavetas llenas –dijo Jiménez antes de dar una calada al cigarrillo que acababa de encender.

Después de fumar en silencio por unos segundos se levantó de golpe y salió de su pequeña oficina pidiéndome que lo siguiera. Caminamos a través de un pasillo en el que alcancé a ver carteles de propaganda a favor de la salud, cosas como los beneficios del ejercicio para evitar la diabetes y la necesidad de los exámenes periódicos para prevenir el cáncer de mama. Una cruel ironía para quienes pasaban por ahí de camino a reconocer el cuerpo de un ser querido ausente.

Martínez abrió la puerta de lo que podría ser una pequeña oficina, dentro había algo similar a tres enormes y viejos refrigeradores. Un olor dulzón y pesado enturbiaba el ambiente. La blanca luz de un par de lámparas se imponía sobre el radiante sol del atardecer que alcanzaba a filtrarse a través de las polvorientas persianas extendidas sobre la única ventana del lugar.

—¿Va a tomar fotografías? –preguntó el médico forense.

—No, sólo quiero mirar el cuerpo...

—El cuerpo de René. René Arias Lozano, se llamaba el muchacho –al doctor Jiménez parecía molestarle que a los pocos muertos con nombre bajo su custodia se les negara el derecho de ser alguien.

De René Arias entonces yo sabía muy poco, apenas lo publicado en los periódicos, crónicas apresuradas sobre la masacre perpetrada en aquel poblado de Guerrero llamado San Jerónimo. Doce muertos en una sola noche.

—Lo mataron a la mala –dijo Jiménez antes de abrir la gaveta, la tercera de la derecha–. Le dispararon por la espalda y a quemarropa. Estaban aterrorizados. Este muchacho enfrentó a la policía, a los ministeriales y a los soldados, armado con un rifle R-15. Lo mataron cuando se le acabó el parque.

Jiménez jaló hacia sí la gaveta y pude mirar el rostro del cadáver. Era un hombre de menos de treinta años. Usaba barba de candado y llevaba el pelo cortado a rape. Alcancé a ver el inicio de un tatuaje sobre su pecho.

—¿Puedo ver el cuerpo completo? –pregunté a Jiménez, quien movió la cabeza negativamente. No podía entender lo que buscaba. Le molestaban los periodistas. Estaba seguro de que vendíamos horror, para él éramos una fauna de carroñeros insaciables que no respetaba a los muertos.

—No sé para qué, si usted no va a tomar fotos.

—Necesito verlo –cómo explicarle al médico forense que hace años asumí mi oficio con la vocación del plomero, quien destapa cloacas para que el horror llegue a desvanecerse con un poco de aire fresco y luz...

—Haga lo que quiera –dijo con fastidio, antes de abrir por completo la gaveta.

Reconocí los tatuajes, la serpiente, las difusas formas y las letras negras de un nombre que no alcancé a leer. Era la forma en que se tatuaban los pandilleros en las calles de Los Ángeles, en San Diego, California.

—Si le sirve de algo –Martínez no pudo evitar la ironía–, lo llamaban el Diablo.

Dejé atrás mi imagen reflejada en el espejo del viejo ropero para toparme con una foto de boda. Una foto de otra época, la de los padres de René Arias, apodado el Diablo. Salí del cuarto y seguí subiendo por las estrechas escaleras de piedra. Escuché el rumor de una radio encendida, una vieja canción de Raphael en la hora de las románticas de siempre: "Qué pasará, qué misterio habrá... puede ser mi gran noche...". Oí voces, me detuve de golpe con el temor de que alguien descubriera a ese intruso tomando notas en una pequeña libreta de pasta negra. Aquel rumor que procedía de las casas cercanas se desvaneció pronto. En el patio la gallina seguía buscando comida. Se habían marchado sin ella.

Los cuatro cuartos que formaban la casa habían sido edificados de manera aislada, dispersos en lo accidentado del cerro, unidos por una escalera que funcionaba también como pasillo exterior. El cuarto que estaba en la entrada, cerca del acceso a la casa, tenía la puerta cerrada. Una puerta de madera, con restos de pintura en lo alto del mismo rojo con el que habían pintado en la calle a aquel perro. ¿Podría ser el rostro de alguien?, ¿tal vez un signo que no conocía?, ¿los trazos de los tatuajes comunes en los pandilleros?...

La puerta tenía un picaporte dorado, extraño y fuera de lugar, en cuanto abrí me golpeó el pesado aroma del rancio sudor provocado por las fatigas de un hombre que duerme solo. Era el olor del infierno personal del Diablo de San Jerónimo.

Un enorme televisor se erigía en el fondo del cuarto, moderno, extraplano. Cerca había un mueble de madera atestado de DVDs y revistas. Pornografía de todos los sabores y colores, una galería de aventuras sexuales con mujeres inalcanzables, rubias como princesas de cuento infantil, misteriosas asiáticas, morenas de portentosos cuerpos... "*Las chicas quieren todo*", "*Culos al aire*", "*Colegialas IV*", "*Aventura en el país del sexo*", "*Invasión sexual*"...

Había también una colección de juegos de video: comandos invencibles en el desierto... peleadores callejeros... conquistadores de planetas con la fuerza de poderosas armas. El Diablo jugaba a matar. Los fantásticos mundos de esa ficción cibernética eran parte de sus distracciones, lo mismo que la exhibición de vaginas, penes y cuerpos penetrados desfilando en la enorme pantalla plana del televisor extraplano.

La cama donde dormía estaba pegada a la pared, lejos de la puerta y la ventana. Los sueños de este pobre Diablo debieron de ser terribles, los sueños de alguien que una noche explota por dentro y asesina a doce personas, una de ellas su propio hermano, a quien apuñaló con un cuchillo de cocina.

Colgadas sobre un cordón que cruza el cuarto de un extremo a otro había algunas ropas: un par de pantalones de mezclilla, camisetas negras y una camisa de seda de brillantes colores. A un lado encontré un par de mancuernas de pesista y una pesa de mayor tamaño. El refugio del Diablo recuerda una celda. El hoyo en la prisión donde se sobrevive apenas con lo necesario: los objetos de solitario placer de las almas en presidio; las escasas ropas: las pesas, esos instrumentos tan necesarios para mantener el cuerpo listo, convertido en arma de defensa y ataque.

Arrumbados por ahí había un par de platos sucios, con restos de comida tiesos. Una fiesta para una interminable hilera de hambrientas hormigas. Bajo la cama descubrí una bolsa de plástico metida en un rincón. Me tumbé en el piso de cemento y me arrastré un poco hasta poder alcanzarla. Dentro de la bolsa había un par de cuadernos cuyas pastas estaban forradas de negro. Eran los secretos del Diablo.

Sentado en la cama, frente a la pantalla donde René Arias miraba a las mujeres que jamás podría tocar, donde jugaba a matar sumido en la turbia fantasía de los juegos de video, donde se echaba a dormir, donde comía según lo indicaban los platos con restos de comida, abrí el primero de los cuadernos para toparme con una hilera de nombres y cifras. "Alejandro, 'el Chiva', debe 200; Juancho debe 120; Aníbal debe 50…".

Sólo en un par de hojas de ese cuaderno aparecía ese listado de adeudos. Los nombres y los números fueron escritos de forma apresurada, con letra gruesa y torpe.

Tomé el siguiente cuaderno, al abrirlo me topé de nuevo con el dibujo del perro, las fauces abiertas, ese animal amenazante, pintado en el mismo tono de rojo encendido con el que aparecía en la calle. Creí escuchar sus ladridos, una advertencia para mantenerse lejos, para no dar vuelta a la página.

Al perro lo rodeaba algo parecido a rayos pintados de amarillo, quizá lenguas de fuego. El dibujo ocupaba por completo la primera hoja del cuaderno que tenía en las manos. Podría pensarse que la imagen recordaba las caricaturas, a los héroes de la ficción televisiva de dibujos animados, pero por lo sombrío y delirante de su composición más bien remitía a las aventuras de los juegos de video, a esos interminables avatares de personajes perdidos en inframundos.

Antes de voltear la hoja imaginé a René Arias, a quien llamaban el Diablo, dibujando en el cuarto donde me encontraba, en esa celda que llevaba consigo a todas partes, donde, sin embargo, supuse encontraba refugio. Estaba sentado en el mismo lugar que yo, frente al televisor, con las escenas de una película porno y la música a todo volumen, el viejo rock de Black Sabath, de uno de los CDs que había visto que tenía por ahí. Dibujaba con tensión, desesperado, con trazos enérgicos. Usaba plumones, sólo el rojo y el amarillo. Los solos de la guitarra, la desgarrada voz del vocalista, la letra de una negra historia de pasiones de ultratumba. Estaba seguro de que al dar vuelta a la hoja me iba a encontrar con una colección de dibujos del Diablo de San Jerónimo, pero no fue así, más bien me topé con una extraña caligrafía, pequeña y pulcra, de perfectas líneas negras. Una escritura abigarrada, difícil de leer:

> Aquí cuento mi vida, los errores, las fantasías, los pasos dados en el camino torcido.

Regreso al principio, al pueblo y a la casa de mis padres. Aquí estoy de vuelta. Quiero ver de nuevo la película para ver si esta vez la entiendo, si comprendo lo que ocurrió [...].

Escuché pasos, alguien había entrado y bajaba por la escalera, guardé las libretas en la bolsa de plástico del súper y volví a esconderlas bajo la cama. Me acerqué a la puerta para encontrarme con una mujer de pelo cano, algo encorvada.

—Buenos días –le dije–, soy periodista.

La mujer dudó por un instante, estoy seguro de que estuvo a punto de darse la vuelta y marcharse. Como yo, era también una intrusa. Tampoco debería estar en ese lugar.

—Buenos días –respondió en un murmullo.

—Busco a la familia de René, ¿usted es su pariente?

—No, sólo una vecina... ellos me pidieron que cuidara su casa, por eso estoy aquí.

—¿Sabe dónde puedo encontrarlos?

—No...

Sospeché que esa anciana por fin se había armado de valor para entrar a la casa de los vecinos y llevarse lo que pudiera. La rapiña de los desesperados.

—¿Usted vive por aquí?

—Allá enfrente, pero me tengo que ir...

Recordé el listado en el cuaderno del Diablo, los números rojos de sus deudores. Le debían dinero, tal vez el dinero que la mujer había venido a buscar.

—¿Recuerda algo de lo que pasó la noche del sábado?

—Fue como una pesadilla... ese muchacho se volvió loco. Mató a su propio hermano y luego a dos policías...

La mujer empezó a andar escaleras arriba, la seguí.

—¿Usted conocía desde hace mucho a la familia?

—No... es mejor que se vaya –la mujer salió de la casa y apresuró su paso. Iba rumbo a su modesta vivienda, construida también sobre el cerro, al otro lado de la calle. Noté que evitó pisar al perro, que prefirió rodearlo.

—¿Quién dibujó al animal?

—Fue ese muchacho... estaba loco, era malo.

Por fin estaba a salvo detrás de la rudimentaria palizada de su vivienda.

—Sólo quiero platicar con usted. Hacerle unas cuantas preguntas... soy periodista, vine desde la ciudad de México para saber qué pasó...

La mujer abrió la puerta de prisa, pero no entró en la casa; por primera vez me miró sintiéndose protegida, abrigada por el lugar donde de seguro vivía sola.

La noche del sábado fue calurosa, un calor pegajoso, inaguantable, el agobio del sudor. Fue una noche cargada de malos presagios. La mujer, que no me quiso dar su nombre, recordó las voces, el pleito. El llanto de las mujeres. Luego el silencio. Vio al muchacho al que llamaban el Diablo salir a fumar fuera de su casa. Todo parecía tranquilo, serenado por el suave viento que empezó a soplar. Fue entonces cuando llegaron los policías.

—Estaba oscuro, por aquí no hay luz, pero lo alcancé a ver moverse como un animal, ágil, con fuerza. Se enfrentó a dos policías. Trataron de detenerlo. A uno lo golpeó y le quitó el rifle, el mismo rifle con el que mató a toda la gente. Le disparó cuando lo vio tumbado en el piso. Al otro policía lo mató por la espalda, cuando trataba de huir, cuando corría. Al cerrar los ojos, cuando iba a dormir, escuché los tiros y sentí miedo. Recuerdo aquella noche. Ese muchacho pasó por aquí, por mi casa. Iba como loco.

La madre, el padre y los hermanos del Diablo habían llegado al barrio de La Campana dos años antes. Ocupaban lo alto del cerro, donde el agua llegaba de milagro y había luz gracias a los montones de alambres que interceptaban el cableado público.

—Era gente tranquila, no se metían con nadie, no tenían problemas. Como todos aquí, eran pobres. Decían que el papá se llamaba Clemente, un profesor jubilado. Doña Tere, la mamá de aquel muchacho, estaba siempre enferma. Tenía sus días buenos y entonces se animaba a salir, a ir al mercado. Había una muchacha, era bonita. La esposa del finado.

La mujer de rostro redondo y moreno hablaba con confianza y soltura, con las ganas de quien en la soledad de los viejos puede permanecer días enteros sin decir palabra.

—René, el muchacho...

—El asesino, eso era.

—Sí... ¿vivió siempre con ellos?

—No, él llegó después, entonces todo cambió. Vino del norte, donde dicen que trabajaba. Tenía más de un año de vivir aquí.

Estuve a punto de preguntarle por lo que había ido a buscar a la casa de sus vecinos, pero desistí. De René Arias tenía ya un par de imágenes, la de su cuerpo tendido en la morgue con los tatuajes sobre sus brazos y pecho, y la del hombre que había sido capaz de dominar a un par de policías y luego asesinarlos.

Era el mismo que había fumado tranquilo fuera de su casa cuando parecía que todo había terminado. Allá dentro, en uno de los cuartos que permanecían cerrados con candado, el Diablo había degollado a su propio hermano al principio de la pesadilla.

—Lo veía cuando de madrugada fumaba solo, se pasaba las horas ahí sentado, muy pensativo. Los viejos dormimos poco y a mí la madrugada me sorprende siempre de pie, con un cafecito. A esas horas no hay nada que hacer, sólo plantarse en la ventana y esperar a que amanezca. El muchacho ese al que le decían el Diablo se metía a su casa al amanecer.

A la mujer, quien no quiso decirme su nombre, no le gustaba el Diablo desde que lo miró por primera vez, sentado sin hacer nada, como si esperara a alguien fuera de su casa; su presencia la inquietó, esos tatuajes, la barba, el pelo cortado a rape.

—Al poco tiempo empezó a vender droga, todos por aquí lo saben, pregúntele a los demás vecinos. Venían los muchachos, allá fuera se emborrachaban y todos se drogaban.

El Diablo abrió las puertas de su tiendita de narco callejero. En México la droga corre no sólo por las calles de las ciudades, sino también de los pueblos como San Jerónimo, junto con el alcohol; engaña a la vida de siempre y sus rutinas, a la existencia confinada por unas cuantas calles y las caras de todos los días.

—¿Venía mucha gente? –pregunté.

—Mucha, venían en carros de lujo y camionetas. Vendían a toda hora. Todos le entraban al negocio, la señora y los otros hijos; al que dicen que no le gustaba eso era al padre, pero ni quién le hiciera caso. Por eso terminaron así.

A lo lejos vi caminar a un hombre por la subida, al llegar a la bocacalle evitó pisar al perro. Ni siquiera lo miró, siguió de frente y apenas respondió a mi "buenos días".

—Ese animal lo pintó el muchacho, parecía una manda, se plantó una mañana con un bote de pintura y empezó a trabajar. Tardó horas y luego rodeó al dibujo con unas piedras como para protegerlo, desde entonces nadie se atreve a pisarlo. Impone miedo. El hocico abierto, ese cuerpo esmirriado, las patas grandes… ahí cerca quedó el cuerpo tendido de uno de los policías.

La mujer seguía asomada a la ventana de su vivienda cuando aquella noche el Diablo brincó la palizada de su casa.

—Por aquí pasó, creí que se iba a meter, que también me iba a matar. Era como una fiera que avanza de prisa, que corre tras de su presa. Comencé a rezar, no podía hacer otra cosa. Gracias a Dios se fue y ya ve lo que pasó después. Mató a un muchacho muy cerca, aquí arriba.

Miré hacía donde la mujer señalaba, era otra modesta vivienda de las del barrio de La Campana, estaba pintada de azul eléctrico, el enorme anuncio de refrescos enmohecido sobre el portón de madera recordaba la buena época del barrio, cuando llegaron los primeros vecinos. Una vieja tienda al paso, donde podía comprarse cualquier cosa que hiciera falta, el par de huevos, el kilo de frijol, el aceite... El Diablo no había ido a la tienda a robar, ahí asesinó a la tercera de sus víctimas.

Tenía que seguir sus pasos, subir por la brecha hasta llegar al lugar donde le disparó a aquel muchacho que tuvo la mala suerte de cruzarse en su camino. Tenía diecisiete años, se llamaba Ricardo.

Pero antes tenía que regresar a la casa. No me atreví a pisar el dibujo del perro. Abrí la puerta, bajé por la escalera y volví al cuarto donde dormía el Diablo. Me tomé el tiempo necesario para imaginar lo que había pasado esa noche. La pelea entre los hermanos, los gritos de las mujeres, el viejo padre apartado y ausente, la inminencia de la tragedia que nadie sospechó que pudiera ocurrir. Era una noche calurosa.

Busqué la bolsa de plástico que había ocultado bajo la cama y salí con el paquete del par de cuadernos bajo el brazo. En el cuarto de enfrente, cerrado con candado, tenía que haber comenzado la última noche del Diablo. Me acerqué y traté de mirar algo por una ventana cubierta por una cortina amarilla, de una tela ligera, llena de polvo. La cortina dejaba un hueco en uno de sus extremos, una rendija por la que descubrí una mancha de sangre seca. Era enorme y al escurrirse había tomado una forma extraña. Nadie había limpiado los restos dejados por la muerte en ese lugar. Ni siquiera había sido preservado por la policía como la escena de un crimen. Supongo que habían dado por hecho que no tenían nada que investigar, un loco mató a doce personas en una noche y punto. Había que darle carpetazo al asunto por aquello de la salud pública, pero ahí estaba la mancha de sangre, esa primera huella de la tragedia de San Jerónimo.

Por su extraña forma esa mancha de sangre seca recordaba al perro furioso.

Dejé en el automóvil rentado la bolsa de plástico con el par de cuadernos que supuse podrían ser algo similar al diario de René Arias, un documento que expondría los días vividos a su regreso a San Jerónimo. El diario de un asesino múltiple.

Recordé lo que me había dicho la mujer, quien de seguro me miraba desde la ventana. Caminé rumbo a la banqueta donde me dijo que el Diablo se sentó a fumar un cigarro su última noche en el pueblo. Pude haberme sentado en el mismo sitio desde donde él miró llegar a la patrulla con el par de policías. Era una noche de sábado, los policías estaban fastidiados por el calor y la tediosa jornada de fin de semana.

Estaba oscuro, uno de ellos llevaba una lámpara de mano y la encendió. Se trataba de pacificar a un borracho que escandalizaba, sólo eso. Algún vecino de La Campana reportó por teléfono el pleito en una casa, cerro arriba. Ninguno de los dos policías sabía lo que más de uno de sus mandos guardaba como secreto, un provechoso secreto: en lo alto del cerro, en esa calle sin nombre, se vendía droga.

Policías pacíficos, buenas personas, capaces de vivir con lo mínimo, resignados a su suerte. Gente del pueblo. Un par de cuarentones pasados de peso, sin ánimo de nada más que terminar el turno, dormir tranquilos y luego mirar por televisión el futbol del domingo con un par de cervezas a la mano. Incapaces de ofrecer resistencia alguna, de disparar el R-15 más allá de las esporádicas prácticas de tiro. Esos hombres fueron atacados en la penumbra por un joven, que según la solitaria mujer de la ventana, se movía como un animal. Un feroz depredador humano.

Después de matar a los policías, el Diablo trazó la ruta para descender al infierno. Un juego de video como los que miraba en la pantalla frente a la que se pasaba horas y horas. Matar para vivir.

El Diablo sabía lo que hacía y decidió que viviría el desenlace de quién sabe qué extraña aventura... que culminó con doce homicidios perpetrados en una noche que nadie olvidará en San Jerónimo.

La muerte número trece fue la suya. Murió en la plaza del pueblo después de resistir el embate de policías, soldados y agentes ministeriales aterrados por un hombre que, sin dispararles un solo tiro, los acechaba desde distintos escondites: tras de los árboles de la plaza; en los balcones del propio palacio municipal; en las azoteas de algunas de las viejas casas construidas en el centro del pueblo. Lo mataron en el atrio de la iglesia.

Empecé a subir por la brecha, hacía calor, sudaba, iba despacio, intentaba recuperar la ruta seguida por René Arias, vendedor de drogas, conecte en el barrio de La Campana. Tuvo que ir de prisa, acelerado por la descarga de adrenalina de la lucha con su hermano y el enfrentamiento con los policías. Quizá trataba de huir, cruzar el caserío y luego irse a refugiar a la sierra, perderse en los montes. Traía con él un rifle R-15 y el parque necesario para la guerra que estaba a punto de librar.

A menos de veinte metros estaba el viejo anuncio oxidado de un refresco "la chispa de la vida". Me detuve frente a la entrada de la tienda como lo pudo hacer él, escondido tras de los árboles, a un lado de la vereda por la que subió. Avancé rumbo a la puerta y toqué, primero un par de llamadas discretas, luego un golpe, por fin escuché movimiento del otro lado de la puerta. Alguien se acercaba.

La muchacha que abrió me miró sorprendida, no era un cliente que venía a buscar un pomo de Nescafé, tampoco uno de los policías que habían venido a hacer preguntas; esos hombres que suponía se habían ido para no volver nunca por ahí.

—Buenos días, soy periodista... quería preguntarle sobre lo que pasó la noche del sábado...

La muchacha miró desconcertada al desconocido que tenía frente a ella.

—No sé, yo no estaba aquí. La verdad ya no queremos... –tenía menos de veinte años, un rostro singular, afilado, que resaltaba su mirada de niña.

Tras de ella apareció una mujer, se le parecía, las mismas facciones aindiadas, los mismos grandes y bellos ojos.

—Buenos días, no quiero molestarlas, pero soy periodista...

—Mire, señor –dijo con energía–, mataron a mi hijo y a mi esposo. Eso fue lo que pasó.

—Lo sé, pero quisiera que me dijera lo que recuerda, trabajo para la revista *Semana*.

—Recuerdo muy poco, todo pasó demasiado aprisa. El loco ese salió de la brecha, mi hijo estaba afuera de la tienda, ya habíamos cerrado. Sin decir nada le disparó y siguió su camino.

—¿Dónde estaban ustedes?

—Dentro de la casa, viendo la televisión. Fue una desgracia.

La quinta de las víctimas fue el padre de ese muchacho, el esposo de la mujer con la que hablaba.

—Mi esposo escuchó el disparo, salió a ver que ocurría y encontró a Joaquín tirado. Se acercó al cuerpo y de inmediato corrió tras de quien lo había matado. No llegó muy lejos, en cuanto el loco lo vio venir le disparó.

—¿Dónde fue que los mató?

—A Joaquín donde está usted parado. A mi esposo, unos metros arriba, por ahí mismo, por la vereda.

—¿Trató de robar algo, fue un intento de asalto?

—No, ya se lo dije, era un loco.

Conocían a René Arias por su apodo, el Diablo, lo habían visto muchas veces afuera de su casa, sin hacer nada. Sabían que vendía drogas. La muchacha le sacaba la vuelta, no le gustaba pasar por donde aquel hombre vivía, prefería dar un largo rodeo para llegar a su casa.

—Esa gente no era de San Jerónimo, llegaron de fuera. De pronto pasaban por la tienda y compraban lo que necesitaban. Sólo nos dábamos el buenos días, el buenas tardes y nada más.

La mujer se llamaba Delfina, iba de luto, tenía el rostro surcado por las huellas del desvelo y el dolor.

—Ni mi hijo ni mi esposo lo conocían. Tuvieron la mala suerte de encontrárselo esa noche. No sé lo que pasó, no lo entiendo. Le digo que estaba loco.

—¿Sabe por qué vino a su casa?, ¿quizá buscaba a alguien?

—No, no lo conocíamos, ni siquiera venía a la tienda. Para mí que iba huyendo.

Una pregunta de las que suelen remover el dolor:

—¿Ese hombre al que llamaban el Diablo conocía a su hija?

—No, que yo sepa.

—A mí me daba miedo. Lo encontraba a veces en el centro y se reía; alguna vez estoy segura de que me siguió hasta aquí. Otra vez lo vi a la salida de la escuela. Me daba miedo, jamás hablé con él –se apuró a decir la muchacha.

Imposible saber si antes de huir el Diablo quiso venir a verla. Tal vez quiso llevarse del pueblo la imagen de aquella niña a la que siguió un par de veces, de la que tal vez se hubiera enamorado si todo hubiera sido distinto.

René Arias regresó del norte donde, como muchos otros, trabajó, y luego volvió a la casa materna, a un pueblo distinto de donde había nacido. Su familia no era de San Jerónimo, habían llegado a La Campana dos o tres años antes de aquella funesta noche. Arias decidió vivir de la venta de drogas, pasaba el tiempo encerrado... junto con películas pornográficas y juegos de video. Metido en quién sabe qué pesadilla, en un lugar donde no había sitio para la niña morena de afilado rostro y grandes ojos, aquella niña cuyo nombre era Esperanza.

II

II

Regresé a Acapulco cansado luego de la jornada de entrevistas, del encuentro con quienes sobrevivieron aquella noche en que un hombre decidió salir a matar.

Había rentado un automóvil cómodo y práctico, en el camino escuché la radio, música de todo tipo, noticieros, una emisión dedicada a los solitarios tras de pareja. Llamadas de hombres trabajadores y serios "en busca de relaciones a largo plazo con mujeres a las que les guste disfrutar la vida, sin problemas, con ganas de pasarla bien". Llamadas de mujeres sencillas, queriendo encontrar "hombres cariñosos y responsables para empezar una amistad que con el tiempo pudiera llegar a ser mucho más".

Disfruté las interminables rectas de la carretera, el intenso verdor de los árboles. Abrí la ventanilla para sentir la cálida humedad del ambiente en ese atardecer. Allá, a lo lejos, en el horizonte, el sol extendía su luminoso poder por nubes vagabundas, gordas y blancas.

Todo cambió en cuanto enfrenté el tráfico de Acapulco, ni siquiera la inminencia del mar me reconfortó. Avancé despacio por avenidas y calles colmadas de autos. La música en la radio resultó aburrida y chocante. Las malas noticias de todos los días me enervaron. Estaba de vuelta a la realidad, además de ello me esperaba la obligada lectura de los cuadernos del Diablo.

Cuando llegué al puerto fui a buscar un hotel en la Costera Miguel Alemán, cerca de la Playa Condesa, la vieja zona exclusiva de Acapulco, convertida en un paseo de antros, bares y hoteles, en sus mejores momentos una fiesta con vista al mar. No necesitaba un hotel caro, no iba en plan de "Viaje con todo pagado", hacía muchos años había vivido la última de mis lunas de miel. Estaba convertido en un solterón que se resignaba a los amores de paso, con una hija púber y una ex esposa decidida a buscar cómo complicarle la vida a todo ser vivo que se acercara a ella.

Encontré el lugar ideal, El Flamingo, "un hotel para familias", parecía común, con sus muebles baratos en el lobby; con su alberca y juegos infantiles dispuestos en un pequeño jardín. Tras del edificio principal tenía instalados una serie de pequeños cuartos, de los llamados *bungalow*, con refrigerador y estufa. Era lo que buscaba.

Llegué a mi cuarto y me tumbé en la cama un rato, cerré los ojos y dormí. Una de esas fugaces siestas, reparadores sueños de diez, quince minutos, que obran maravillas en mi ánimo. Me despertó la insistencia de mi teléfono portátil, el tono de llamada de aquella rola de los Doors, "Enciende mi fuego".

Tomé el teléfono, era mi jefe, imaginé al buen Ernesto, Neto, en la redacción de la revista, como siempre frente a la computadora, con los contenidos posibles de la revista desplegados en la pantalla.

—Cómo estás, cabrón... de seguro gozando la vida en la playa... –dijo, con ese tono suyo que a quien no lo conociera podría parecerle ofensivo, pero nada de eso, Neto es un tipo de primera, solidario, buen compañero. Un viejo periodista que proviene de la época en que los periódicos eran eso y no filiales de banco, sucursales de negocios de grandes consorcios comerciales.

—Bien, estaba a punto de llamarte... –venía de regreso de la siesta, un fugaz sueño nada agradable, con la imagen del Diablo en la morgue y la chica morena de dulce mirada...

—¿Tienes la nota? Vamos con ella de principal, así que púlete. El jefe me pidió que no abuses de sentimentalismos ni descripciones. Acuérdate que eres reportero y no poeta, ¿cuándo me mandas un previo del material?

El jefe era Eduardo Salas, veterano del periodismo, uno de los primeros corresponsales de Prensa Latina en México. Buen periodista y mejor ser humano. Cuando los lunes me asomaba por la redacción, a Salas, de pelo cano y barba hirsuta, le gustaba compartir conmigo su nostalgia por la antigua época del periodismo, con los personajes de un México perdido, aquella ciudad donde la noche era una invitación a salir cuando los bares del rumbo de Bucareli se colmaban de colegas. Eran los románticos años sesenta del siglo pasado.

—La tengo, el itinerario de un asesino múltiple, sus pasos en el pueblo la noche en que mató a doce personas. El tipo no falló un tiro. El arma con la que disparó, un rifle R-15, se la quitó a uno de los dos policías que asesinó. Estaba entrenado, quizá fue militar... Hay algo más, te tengo información para uno de esos recuadros que tanto te gusta publicar.

—A ver, sorpréndeme, ¿de qué se trata?, ... ¿alguna otra negra historia de asesinos en Guerrero?, ¿los datos de cómo ha aumentado la violencia en esos jodidos pueblos como San Jerónimo?...

—Nada de eso, aquí enfrente, sobre la mesa del cuarto donde voy a dormir, a menos de cien metros de la Playa Condesa, en plena Costera Miguel Alemán, tengo el diario de René Arias, el homicida, a quien conocían como el Diablo...

Neto tenía lo necesario para trazar los contenidos de la revista. Imaginé que además de lo mío llevaría alguna nota del extravío ideológico de los partidos políticos mexicanos, tal vez algún asunto sobre corrupción, quizás otro reportaje sobre la imparable violencia del narcotráfico. Tenía un par de días para escribir la crónica que en ese momento llamé "El Diablo tiene buena puntería".

Al día siguiente iba a regresar a San Jerónimo para hablar con el jefe de la policía del municipio. El presidente municipal no quería saber nada más del asunto y a Elías Reyes me lo puso al teléfono una secretaria molesta porque eran ya las cinco de la tarde y ella seguía en las oficinas del edificio de dos plantas donde se encontraba la presidencia. Hicimos una cita para el día siguiente a las once de la mañana.

Miré mi reloj, pasaban de las ocho de la noche, tenía hambre, podía salir a cenar algo y después a vagar un rato antes de enfrentarme al par de cuadernos escritos con letra menuda en tinta negra, formando estrictos renglones horizontales. Los cuadernos que me esperaban en la pequeña mesa de mi cuarto en El Flamingo.

Andar por ahí sin rumbo no es nada grato en un lugar como Acapulco, sobre todo si es de noche. Comí despacio, dando tiempo a que la crónica que iba a escribir comenzara a fraguarse por ahí, en la cabeza, en el pecho, en las entrañas, a saber. Un T Bone con papas, un par de cocacolas y pay de limón. Pagué la cuenta y volví al húmedo calor de la noche.

Hacía tiempo que no me pasaba, que no veía a una mujer que me recordara su ausencia. El largo cabello de indefinible color, un modo simple de describirlo es decir que era castaño con tonos rojizos, largo y suave al tacto, como lo sería la noche si pudiera tocarse. La piel como un conjuro a favor de los necesitados de cariño. Una incendiaria propuesta para las manos. El cuerpo todo como la parte extraviada de lo que se recupera para vivir, la justa pieza que embona en el feliz rompecabezas.

Me crucé con esa mujer, venía con un tipo cualquiera, caminaban tomados de la mano frente a los bares de la costera. Parecían felices y tranquilos, la vida a veces puede ser así. Ella ni siquiera me miró, estaba condenado a estar fuera de su existencia, en una galaxia lejana al planeta donde ella viviría los próximos sesenta años. Jamás la volvería a ver, pero el aroma que dejó al pasar a mi lado me dio la oportunidad de recordarte.

Me fui a mirar el mar. Me quedé en silencio un rato. Busqué la referencia de la luna en un brumoso cielo. Me tumbé en la arena y cerré los ojos. Los placeres de la vida tienen un dulce sabor que pasa muy pronto.

Fue inevitable. La urgencia de un semejante en un cuarto vacío de hotel. Cuatro, cinco horas, antes me había cruzado con la muerte, me asomé al abismo del Diablo y sus juegos de guerra.

Tenía que escribirte.

> Hola, miré a alguien que se te parecía. Eso me pasaba antes con frecuencia. Sobre todo cuando recién te fuiste, cuando la fuerza de la costumbre me llevaba temprano a casa con las ganas de estar juntos y hacer cualquier cosa. No lo creerás, pero las noches de la viudez impuesta sumaron el doble de los días de tu ausencia. Estaba para escribir boleros de amores huérfanos. No me soportaba de tan triste y enfadaba

a los amigos con quienes no hablaba de nada más que de tu partida.

Me echaste del paraíso en ayunas.

Hoy te escribo desde Acapulco, llegué ayer por la tarde a contar una de esas historias que te espantan. Hace un rato me fui a echar en la arena, cerré los ojos y como te has de imaginar apareciste de golpe. Por eso te escribo.

Hotel Flamingo, Acapulco, once de la noche.

Escribí a mano, en una de las páginas de esas pequeñas libretas que me gusta usar. El papel es de color crema y con mayor volumen que el acostumbrado, un detalle de placer para el tacto. En hojas como ésa escribo tus cartas.

Estaba sentado en la mesa de mi cuarto, con los cuadernos del Diablo frente a mí. Cerré la libreta para enfrentarme a un texto trazado con cuidado, de letra firme y pequeña, de concentrada precisión. Letra que para algún grafólogo debía de representar algo y que a mí me provocaba la sensación de adentrarme a un espacio oculto y privado. Era como asomarse de manera furtiva a la vida de otro.

Los apretados renglones se encimaban en líneas trazadas sobre hojas blancas. No había tachadura alguna, daba la impresión de que todo había sido escrito de golpe y en una sentada. Revisé las demás páginas de ese cuaderno. Todo estaba escrito de la misma manera, con una apretada caligrafía en tinta negra.

Al bajar del autobús lloviznaba. Apenas traigo una maleta con una muda de ropa. Pregunté al chofer por San Jerónimo, cerca de Atoyac, el pueblo a donde los viejos se fueron a vivir con Abel, mi hermano, y su mujer. Estoy a punto de irme, de dejar atrás el caserío y subir al primer autobús que cruce por la carretera. No tengo a dónde ir y no quiero ir a ninguna parte. No quiero estar solo.

Camino rumbo al centro del pueblo por una calle estrecha, me topo con un baldío donde la gente tira basura. Sobre los restos de una barda miro los graffitis de los chavos, la banda de Los Perdidos dejó huella. Tengo hambre, sonrío, es el primer síntoma de que estoy vivo desde que inicié el viaje de regreso.

Un pueblo como cualquiera, la gente me mira con desconfianza, a nadie le gusta la facha del desconocido que miran llegar al pueblo. Pelón; la piocha acá, con el estilo de malo de la película; los tatuajes en pecho y brazo. La piel marcada con la historia de un guerrero de la calle.

Quiero verlos y luego irme. Todos tenemos un destino y yo tengo que cumplir el mío. Sentado en una de las bancas de la plaza fumo. Un par de policías obesos andan por ahí. Ni siquiera se atreven a mirarme. La vida de esos cerdos es distinta a la mía, nada de sus rutinas y complacencias con la inercia, con el dejarse llevar por la corriente.

Estoy cansado, muy cansado, cada muerto que se trae a cuestas pesa y yo traigo muchos. Quisiera dormir, restañarme las heridas. Olvidar, olvidar. Quisiera despertar una mañana en este pueblo jodido a la vida de un tipo como cualquiera, como mi hermano con su taxi y sus negocios siempre fracasados.

Tengo que preguntar por el barrio de La Campana, ahí viven, llegaron apenas hace un año. La última vez que supe de ellos fue por la llamada que le hice a mi madre. Nunca terminas de dejar atrás lo que eres. Llegué a pensar que esas llamadas me mantenían sano, un cable tendido a otro mundo, necesario para mantenerse en pie y seguir adelante. Lo último que supe es que dejaban la casa en Zihuatanejo y se venían a este pueblo.

Me miro sentado en la plaza, como tantas veces, esperando. Ha dejado de lloviznar, busco el rayo de sol que se filtra por uno de los gordos árboles de la plaza. El calor me sienta bien, el calor sobre el cuello. Con ambas manos froto mis hombros, mi espalda;

imposible relajarse, la tensión de los animales salvajes es una forma de supervivencia. Necesito algo de urgencia. Busco un par de chochos. Los trago.

Estoy a punto de marcharme, de seguir la ruta a ninguna parte. Fui a Zihuatanejo, allá me topé con la casa abandonada. Brinqué la barda, crucé el garaje y entré por la cocina. En esa casa crecí, viví la infancia y los primeros años de mi adolescencia antes de largarme al norte. Al caminar por la estancia y los modestos cuartos no sentí nada, sólo un vacío en el pecho y en el estómago. Vine a San Jerónimo con el ánimo de mitigar esa sensación, pero estoy cansado, harto. Después de un rato en la plaza me acerco a los policías panzones, no oculto el desprecio que siento por ellos. Les pregunto por el barrio de La Campana después de haberlos atemorizado con mi pura presencia. Los gordos dudan, ninguno se atreve a responder, en cuanto me vaya van a dar parte del tipo sospechoso que llegó al pueblo y preguntó por el barrio de La Campana, un barrio de mala fama.

Uno de ellos, con el aspecto de sapo cansado, me dice por donde tengo que subir al cerro. La camisa del uniforme cubre a fuerza su enorme panza. La placa sucia y manchada. El arma de cargo, una pistola seguramente inservible. Seres como ése me repugnan, les adivino el miedo. El otro policía finge entereza, tranquilidad. Ningún extraño lo va a intimidar. Alcanzo a ver cómo se lleva la mano a su pistola. Me despido de ellos con mi mejor sonrisa.

Desperté temprano, busqué shorts y tenis, corrí por la playa un rato con la ilusión de llegar a algún lugar lejos del enjambre de altos edificios que albergan decenas de hoteles. La vieja belleza de la bahía de Acapulco fue copada por el gris concreto. No eran ni las ocho de la mañana y ya se escuchaban los claxonazos del caos vial. Era verano, un verano en Acapulco, cuando los vacacionistas se multiplican como una plaga con coloridos atavíos playeros.

Regresé a mi cuarto. Antes de media hora estaba frente a un plato de huevos con tocino y un café. Desayuné de prisa. En mi oficio siempre se marcha contra el tiempo. Volví a la carretera y en cuanto pude llegué a San Jerónimo, tenía cita con el jefe de la policía, Elías Reyes. No lo imaginaba tan joven, un muchacho moreno, con el aspecto cansado e infeliz de quien ha dormido poco. Estaba sentado en una pequeña oficina próxima a las dos celdas que conformaban la cárcel del lugar, en la planta baja del edificio de la presidencia municipal. A sus espaldas se extendía la imagen de la Virgen de Guadalupe, a la que los policías del pueblo no dejaban sin la ofrenda de un par de veladoras encendidas.

Reyes me miró con desconfianza, no le gustaban los periodistas. Le tendí la mano a modo de saludo, en cuanto estreché la suya sentí la humedad de un sudoroso reptil del que me aparté con repugnancia. Habíamos comenzado mal.

—Así que quiere saber lo qué pasó... –dijo, con cierta ironía.

—Sí –respondí con sequedad, guardándome las preguntas para cuando fuera necesario.

—Bueno, pues un loco salió una noche y mató a doce personas. Una tragedia.

—¿Es todo?

—Sí –dijo atrincherado tras de su escritorio. En alguno de los cajones de ese mueble desprovisto de cualquier gracia debía guardar un arma. Una escuadra que le gustaba limpiar y engrasar, y que conocía bien cómo operaba. Reyes llevaba el pelo cortado al estilo militar.

—¿Cómo fue posible que no fallara un tiro?

La primera respuesta a mi pregunta fue el azoro, era como si nadie más se hubiera atrevido a preguntar lo obvio o que a nadie le importara.

—No lo sabemos, pero no fue una casualidad. El tipo ese sabía lo que hacía.

—¿Pudo haber sido entrenado?, ¿quizá fue militar…?

Reyes cambió su expresión, parecía dispuesto a darme su versión sobre las habilidades del Diablo. Lo prefería a hablar sobre la manera en que lo habían acribillado en el centro del pueblo, cuando se le acabó el parque y perdió esa guerra suya de una sola noche frente a los soldados, los policías y los agentes ministeriales que lo perseguían.

—Es posible. De lo que no hay duda es de que sabía manejar muy bien el R-15. A mí me asombra su puntería. Después de ir por las calles matando gente fue capaz de enfrentarse hasta con los militares. Resistió hasta que se le acabó el parque.

—¿Trató de escapar?

—No lo sé, pero más bien parece que no. Bajó de La Campana al centro del pueblo, de haber querido se hubiera ido al monte, pero no lo hizo.

Traté de recordar la ruta seguida por el Diablo aquella noche. Después de degollar a su hermano enfrentó a los policías fuera de su casa, luego subió a la tienda y de ahí emprendió el camino rumbo al centro, donde mató a otras siete personas.

—¿Quiénes eran los muertos, hay alguna relación entre ellos?, ¿René Arias los conocía?

—La mayoría eran gente de aquí, no sabemos si los conocía. Lo que es un hecho es que se los topó en el camino. Tuvieron la mala suerte de que les tocara un tiro.

Salí de la cárcel al patio del Palacio Municipal, un edificio construido sin gusto, con dos pisos donde se encontraban todas las dependencias del municipio, incluida la cárcel, ese par de celdas próximas a las oficinas de Reyes. En aquella cárcel de pueblo no había nadie, no pude evitar la curiosidad y me asomé a una de las celdas: paredes encaladas de blanco, con letreros y dibujos hechos de prisa y con rencor. El nombre de alguna mujer y el cuerpo de otra dibujado con obscenidad. El Diablo ya no llegó a esta cárcel.

Era pasado el mediodía, el sol brillaba en lo alto de una jornada calurosa. La vieja tranquilidad idílica de la provincia se mostraba con la calma de los viejos sentados a la sombra de un añoso árbol. Quizás a esa banca René Arias fue a sentarse al regresar de su viaje antes de encontrarse con los suyos, el hermano con el que había crecido, sus padres.

Caminaba rumbo al automóvil rentado cuando me topé con la silueta pintada sobre la banqueta. Supe que en ese lugar había caído el Diablo, ahí fue donde murió. La silueta estaba pintada de rojo, el mismo rojo del perro aquel que parecía guardián del infierno. Un cuerpo tendido, la muerte trazada en el lugar de los hechos en una imposible reconstrucción del crimen. Ningún investigador, ningún forense iba a usar ese tono de pintura. El Diablo no estaba solo en San Jerónimo.

Subí al auto y enfilé hacía La Campana, subí por una calle que no tardó en convertirse en brecha. Iba a seguir los pasos de su última noche, a recorrer con toda calma las estaciones de esa ruta suya, el rastro dejado por sus asesinatos. En cuanto bajé del auto me encontré de nuevo con aquel perro pintado con color rojo, el mismo rojo de la silueta dibujada cerca de la plaza.

Me senté fuera de la casa, sobre la banqueta, como me había dicho la mujer de la casa de enfrente que lo hizo el Diablo. Cuando parecía que todo había terminado, los policías alertaron a aquel muchacho que pudo haber pensado que era el final, tenía suficiente con la muerte de su hermano, después de la última de sus peleas. Un viejo rencor había aflorado sacando chispas de machete.

Confiaba en que en el cuaderno del Diablo encontraría algunos de los motivos que desencadenaron la tragedia de San Jerónimo. No había tenido tiempo de leer demasiado, imposible desvelarme, tenía pendiente la cita con el jefe de policía y el recorrido que había imaginado hacer tras de los pasos de aquel hombre que había estallado. Un devastador estallido en el que murieron quienes se cruzaron en su camino, los caídos en la guerra librada en contra de los demonios que albergaba aquel muchacho venido del norte.

Volví a la tienda del barrio y la encontré cerrada, seguí por la brecha hasta el claro donde cayó otro más de los asesinados. Era un vecino del lugar, Serafín Sánchez, de oficio albañil. Vivía a unos pasos de donde murió, una humilde vivienda construida en el corazón del cerro. Llamé a la puerta. La mujer que abrió era menuda, de rasgos indígenas y pocas palabras. Le expliqué quién era y a lo que había ido, dudo que me haya entendido.

La vivienda era de un solo cuarto, con un par de camastros pegados a la pared, una televisión sobre una larga mesa atiborrada de los más variados objetos, algunas sillas y un viejo sillón que parecía ajeno al lugar. Sobre el piso había una cruz formada con grandes flores blancas y amarillas. Ahí habían velado al difunto Serafín, a quien miré en las fotografías que su mujer conservaba; en una lucían los dos contentos en una fiesta de pueblo, en otra se le veía joven frente a una construcción inacabada. La foto de su boda y la única con sus tres hijos, un niño y dos niñas, que sonreían con timidez a la cámara frente a su casa, cerca del lugar donde tiempo después asesinarían a su padre.

La mujer estaba sola, a sus hijos se los habían llevado los abuelos, apenas hablaba, todas las respuestas a mis preguntas fueron breves y cortantes. No conocía al asesino, jamás lo había visto.

—Nunca voy a saber por qué lo mató –me dijo resignada.

Las flores habían estado ahí por lo menos tres días, empezaban a marchitarse, su olor se confundía con los de las veladoras encendidas en los extremos de la cruz y con los abrumadores aromas del encierro. No pude evitar sentir la urgencia de un aire distinto al de la tristeza y el abandono en que Remedios –así se llamaba la mujer– se consumía.

Volví a la ruta seguida por el Diablo, quizá jamás sabría por qué en lugar de huir, de irse al monte, decidió dar la vuelta y enfilar rumbo al centro de San Jerónimo. Ir tras sus víctimas, a quienes ni siquiera se tomó la molestia de perseguir, sólo les disparó al encontrarlos en su camino. Así murieron las dos mujeres que conversaban en el fresco de la noche preguntándose qué serían esos tiros que acababan de escuchar. Lo vieron salir de la brecha, como una aparición; aquel hombre con el torso desnudo levantó el rifle que llevaba entre las manos y disparó. Eduviges Santillana tenía treinta y cuatro años y María Salomón treinta y dos.

La casa de Eduviges estaba cerrada, una casa de una planta con un modesto jardín al frente con flores que lucían su belleza gracias a las bondades del clima de la región. Los propietarios de la pelota abandonada y de esa muñeca sentada con toda propiedad en un pequeño columpio habían perdido a su madre.

Seguí rumbo al centro, para entonces aquel muchacho al que había visto tendido en la morgue, aquel cadáver sin expresión alguna, ya seguía el impulso del depredador, sólo se trataba de aniquilar al enemigo, el enemigo que podía ser cualquiera: los otros, habitantes de la vida que a él le había sido negada.

René Arias asesinó a otras tres personas sin previo aviso, al loco del pueblo, a quien llamaban Cochambres, un personaje del que nadie supo de dónde ni cuándo había llegado a San Jerónimo. Dormía en la plaza, tumbado en cualquier banca, si llegaba a llover o refrescaba en la madrugada lo dejaban quedarse dentro de las oficinas del Palacio Municipal. El Cochambres era mudo y vivía de la caridad pública.

Del otro lado de la existencia del Cochambres estaba el doctor Simón Enríquez, de los ricos de siempre en el pueblo. Los Enríquez eran ganaderos y agricultores, gente de dinero.

El Diablo dobló la esquina y se topó con Simón, cuarenta años, la vida resuelta. Padre de tres hijos y esposo, según me contaron, de la mujer más bella de San Jerónimo, ya para entonces conocida como la viuda Reina. Poco antes de encontrarse con el doctor Enríquez le había disparado al Cochambres, a quemarropa, lo dejó que se acercara, que le hiciera señas como reconociendo a uno de los suyos, otro ser venido de las sombras, semidesnudo y tan desesperado y solo como él. En cuanto lo tuvo cerca le disparó. Otro tiro eficaz y certero. La consigna era no dejar heridos, nadie debería sobrevivir al ataque. Por eso la bala que cegó la vida del doctor Enríquez impactó en su cráneo.

El Diablo y su puntería: diez tiros disparados, diez muertos.

La penúltima de sus víctimas fue Enrique Sifuentes Rocha, a quien nadie conocía en San Jerónimo. Estaba sentado en la plaza frente a su automóvil. Escuchó los disparos, pensó que se traba de una celebración, cohetes, para honrar a un santo. Lo que pensó como la colorida fiesta de un pueblo en la carretera le trajo la llegada de la muerte.

Todavía con vida lo llevaron al hospital de Atoyac. Ahí se desangró. Su familia vivía en la ciudad de México, los suyos jamás supieron por qué estaba en San Jerónimo a esas horas del último sábado de su vida. Era un agente de viajes que iba rumbo a Zihuatanejo.

Después de esa muerte comenzó la persecución, los policías que estaban de guardia se habían atrincherado dentro del edificio del Palacio Municipal. Siete hombres decididos a defender su refugio en espera de refuerzos. Los refuerzos no tardaron en llegar, los primeros fueron cuatro agentes ministeriales asignados a Atoyac. Lo hicieron con toda precaución, les habían informado de un tiroteo en la plaza de San Jerónimo.

Parecía que la guerrilla estaba de vuelta después de treinta años en las montañas de Guerrero. Habían atacado al más pacífico de los pueblos de la región, por eso los militares llegaron tan pronto, un par de imponentes Hummers, un destacamento de veinte hombres bien armados y entrenados.

El Diablo se atrincheró donde pudo, huyó, disparó un par de veces, mató a Cosme López, un agente ministerial y con el último de sus tiros hirió a Juan Ezequiel Parra, cabo del ejército, nacido en Oaxaca. Una herida considerable, que pudo costarle la vida al soldado.

Sin más tiros, con un rifle inútil en las manos, el Diablo salió de su escondite, los militares, los policías y los ministeriales lo vieron venir contra ellos, atacar el cerco que habían formado con los Hummers.

De acuerdo con el peritaje del doctor Jiménez, el forense de Acapulco, la bala que mató al Diablo le fue disparada por la espalda y de cerca. Le dieron el tiro de gracia. Su cuerpo presentaba más de diez impactos de arma de fuego, la causa de su muerte fue un shock hipovolémico. Dicho de otra manera se desangró como resultado de los tiros recibidos.

La guerra personal del Diablo había terminado. Eran las primeras horas de un domingo ensombrecido por el luto en San Jerónimo.

Estaba frente a la silueta pintada justo fuera de la iglesia, una modesta construcción, sin mayor gracia que su aire del pasado y un viejo campanario que se levantaba en lo alto. Ahí había caído el Diablo. Más allá del impacto por lo ocurrido a nadie parecía interesarle cómo había muerto René Arias, ni las causas de que hubiera explotado esa noche. Tampoco de dónde venía, ni dónde aprendió a usar armas con tal eficacia. Cuando estuve con el jefe de la policía de San Jerónimo, reconoció que ellos sabían del negocio de Arias, de cómo se había convertido en el más fuerte de los distribuidores de droga al menudeo en el pueblo.

—No era el único –me dijo el policía–. Es algo que quizá se sabe poco, pero el narcomenudeo azota a los pueblos del país. Las drogas no solamente corren por las calles de las ciudades. Aquí, como en otros pueblos de la región, como en Atolla, y no digamos en Zihuatanejo, aquí prospera el negocio del narcotraficante al menudeo.

Llevábamos un rato charlando, aunque la pequeña grabadora seguía encendida el hombre había tomado confianza. Estaba convencido de que no era un reportero que venía tras la nota impactante, desesperado por vender revistas. Le había dicho que quería contar la historia de lo ocurrido, recuperar la historia de ese muchacho venido del norte, convertido en *dealer* de pueblo y luego en asesino. No me atreví a contarle sobre el diario que había hurtado de la casa de los Arias.

—Una pregunta difícil, ¿si ustedes sabían lo de la venta de droga en La Campana, si tenían ubicado a Arias, por qué no lo detuvieron?

Reyes me miró desconcertado, su expresión era la de alguien que se sorprende ante un periodista mexicano que parece no conocer las reglas del juego. Bajó la voz y se acercó para decirme:

—Es la corrupción... aquí no cuento ni con tres hombres de confianza. Es difícil. Mire, ojalá y no publique esto. Es más, apague su grabadora por favor.

Apagué la grabadora y esperé a que Elías Reyes, el jefe de la policía de San Jerónimo, se armara de valor para decirme:

—En ese negocio hay mucho dinero y ese dinero salpica a demasiada gente. Lo mismo pasa en otros lugares. Ese tipo, el Diablo, no operaba solo, estaba bien protegido y nosotros lo sabíamos. Es más, quizá no hubiera pasado nada, más allá del muertito en la familia, su hermano, si la guardia de esa noche hubiera estado avisada, pero no supieron de quién se trataba y ya ve lo que pasó.

El Diablo no estaba solo en San Jerónimo.

Llegué al aeropuerto pasadas las cinco de la tarde, entregué el auto alquilado y fui a comprar el boleto de regreso rumbo a la ciudad de México. Una hora después vagaba por la sala de espera, caminaba despacio de un lado para otro, miraba a quienes serían mis compañeros de viaje, además de la rubia escondida tras unos enormes lentes oscuros, nada interesante. Tal vez aquella pareja de personajes maduros, sentados ahí, tomados de la mano como un par de adolescentes enamorados. Él: cincuenta años, rostro común, marcado por una expresión de tedio y tristeza. Ella: pasados los cuarenta, con la belleza de las mujeres a quienes la vida ha tratado bien. Había algo en ellos de quien espera por un trámite o fuera del consultorio del dentista; la resignación ante lo inevitable.

Me senté frente a la pareja, miré sus manos enlazadas, ambos llevaban anillos de matrimonio, pero anillos diferentes. Una discreta argolla dorada la de ella... una argolla trenzada y gruesa la de él.

El difícil regreso a la realidad después del paraíso de ser otros. Amores playeros y fugitivos.

Llevaba los cuadernos del Diablo metidos en la misma bolsa de plástico en que se encontraban cuando los descubrí. En cuanto llegara a casa iba a explorar lo que sospechaba eran los sombríos parajes y senderos de la vida de René Arias. Mañana tenía que levantarme temprano, escribir la crónica de la fatal noche de San Jerónimo y luego copiar algunos fragmentos del diario de un asesino múltiple. Un paquete para la próxima edición de *Semana*.

Por fin llegó la hora, después de aguardar mi turno en la fila enseñé el boleto y mi identificación a un empleado de la aerolínea que con aire rutinario me dijo como a los demás pasajeros "buen viaje". El vuelo transcurrió en medio de la siesta con la que traté de reponerme luego de la jornada en San Jerónimo. Desperté para devorar un par de pequeñas bolsas de cacahuates y un vaso de refresco. Luego de la larga espera posterior al aterrizaje, el avión avanzó despacio por la pista hasta encontrar el sitio programado para nuestro desembarque. Estábamos lejos de la salida y después de una obligada parada en el baño de hombres caminé lo más rápido que pude hasta la fila donde aguardé, con la resignación de aquellos amantes con los que compartí el vuelo, un taxi.

Peor que un anochecer cargado de tráfico en la ciudad de México es ese mismo anochecer pasado por agua. Llovió por toda la ruta rumbo a la Condesa, la lenta circulación del Viaducto volvió a confirmar mi pronóstico: alguna vez la ciudad de México quedará paralizada. Los autos abandonados en las vías rápidas de uno de los conglomerados urbanos más grandes del mundo permanecerán ahí por décadas, como enmohecido testimonio del colapso.

Estaba en el asiento trasero del taxi, lejos de la música de tecnobanda que escuchaba el taxista y del agobio del tráfico, aislado en mis solitarios pensamientos. Cuando las parejas naufragan, hay quien decide irse. Irse del otro. Ese otro con quien se compartieron las rutinas de la vida y los ratos de aburrimiento y enfermedad, y los amigos, y algunos instantes de efímera felicidad, y el placer sexual y el amor.

Hay quien se marcha dejando atrás las ruinas de aquella vida, otros nos quedamos convertidos en fantasmas a quienes no queda más remedio que rondar por ahí como si nada hubiera pasado.

En el departamento de Zamora 301-9 me tocó vivir dos distintos naufragios, el primero: una suerte de salida de emergencia ante una severa crisis de aburrimiento. Nada espectacular, un amor que deja de fluir, que con los años se estanca y termina convertido en una suma de deudas compartidas, en algunos buenos recuerdos y un futuro ya imposible y cercenado.

El otro amor me dejó marcado con el desasosiego de sentirme solo, sin la mitad de la carne propia (y amada) que se largó.

Más allá de ese par de historias tengo que reconocer mis ganas de ir tras del consuelo para la vida que ofrecen los cuerpos de los que llamo amores pasajeros. Frutos de la audacia y la creatividad. Las aventuras del vacío Don Juan que la pasa de lo mejor a pesar de la cháchara de sus críticos y la nostalgia de aquel par de amores que, aunque no quisiera, llevo a flor de piel.

Es inevitable, cuando regreso a casa después de los viajes de trabajo, de esas aventuras fraguadas por la búsqueda de una historia para publicar, pienso en las mujeres. Juego a ser el guerrero que por fin regresa a los brazos de la amada.

El taxi se estacionó en mitad de la lluvia que acabó por convertirse en aguacero. Expulsado a la inevitable mojada tomé mi pequeña maleta de viaje, la mochila de la computadora y la bolsa de plástico con los cuadernos del Diablo.

Al abrir la puerta del añoso edificio, construido en la década de los años cincuenta del siglo pasado –cuando la clase media mexicana floreció–, me topé con don Atenor, el vecino del departamento 8, quien siempre me ha visto con inocultable recelo. Su "buenas tardes" me confirmó que yo no le gustaba. Atenor era un abogado jubilado, siempre pulcro, incapaz de salir a la calle sin estar perfectamente acicalado. Nunca había tenido el honor de cruzar más de dos palabras con él, pero estaba seguro de que vivíamos en planetas diferentes y muy lejanos, a pesar de compartir la pared del condominio.

Don Atenor Cifuentes siempre había envidiado la terraza de mi departamento y su vista a la calle, tal vez por eso Esperanza, su mujer, había colocado en plena estancia uno de esos viejos pósters, una suerte de tapiz de pared entera, con la fotografía de un bosque natural con cascada incluida. Siempre me he preguntado si de verdad esa descolorida fotografía servirá para mitigar los profundos dolores urbanos que se sufren en el D.F.

Como suele ocurrirme, el elevador se cerró frente a mí. Luego de un par de minutos sus puertas se abrieron con la grata sorpresa de Cande, la belleza del 12, una mulata venida del Caribe a prodigar su belleza en estas latitudes. Habíamos hablado en un par de ocasiones. Me dijo que trabajaba en un bar. Cipriano, el portero, me contó que la morena tenía instalado un tubo de *table dance* en la estancia de su departamento, y que ahí mismo practicaba sus rutinas. Lo que daría por asistir a alguno de los ensayos de esas mañanas en que escuchaba la música que venía de la parte de arriba del edificio y la imaginaba en acción.

Cande y esa sonrisa suya. Cande usaba un perfume penetrante y dulce. Ese aroma había quedado en el elevador como una sugerencia. La próxima vez tenía que invitarla, ir juntos a cualquier lugar, al cine o a comer. Esa tarde llevaba encima una floja sudadera y unos pantalones de mezclilla. La reina de Saba vivía justo arriba de mi departamento.

Al abrir la puerta encontré un par de recibos sobre el piso, la tarjeta de crédito, el teléfono…

No hacía mucho que celebré el arribo de aquella inesperada postal tuya. Aquel irónico recuerdo enviado por ti desde Nueva York: la zona cero y los turistas que atiborraban con su absurda presencia el lugar donde ocurrió la tragedia del 11 de septiembre. Una broma muy tuya; otro 11 de septiembre te habías marchado.

A llegar a casa después del viaje hubiera querido sentarme y escribirte, volver a ti a través de palabras trazadas en el papel, escritas a mano, palabras precisas. Esas palabras que no me atreví a decirte, las que se quedaron extraviadas en nuestros silencios.

Quise escribirte porque estamos a mediados de agosto y faltan poco más de tres semanas para el próximo 11 de septiembre.

Fui al refrigerador y encontré el jamón serrano que había comprado. Un poco de queso, pan recién salido del tostador con mayonesa y ya está, un sándwich que comí frente al diario del Diablo.

Leí a lo largo de un par de horas, un viaje extraño por las sinuosidades de las experiencias y la historia de un hombre, como muchos otros, en un país donde hay pocos horizontes de vida, donde muchos llevan a cuestas las determinaciones de la pobreza. René Arias se fue al norte, cruzó la frontera y lo deportaron. Vivió en Tijuana un par de años, donde aprendió cómo usar armas, donde se hizo un profesional de la muerte.

Estaba cansado, la lectura del cuaderno del Diablo me crispó los nervios. Cerré los ojos, estaba tumbado en el viejo sillón de la estancia. Una verdadera antigüedad rescatada de un bazar en el mercado de la Lagunilla. Había pagado por ese sillón una fortuna. Apagué la lámpara de piso y por un momento me quedé a oscuras. A lo lejos escuchaba el rumor de la ciudad, el tráfico que a esas horas poco a poco cesaba, a la distancia la sirena de una ambulancia o patrulla con alguna mala noticia callejera.

El llamado del teléfono irrumpió en esa suerte de refugio pasajero donde dormí por unos cuantos minutos. Fui tras el auricular, a un lado del sillón había quedado el cuaderno, de camino al teléfono lo levanté para ponerlo sobre la mesa donde escribo, una mesa común que puse frente a la terraza. Cuando escribo por las tardes me doy el lujo de abrir la ventana para airear las ideas. Los árboles de la calle de Zamora hacen lo suyo en contra del turbio aire de la metrópoli, oponen sus verdes copas al paisaje de los alambres de la luz y el alto edificio de enfrente.

—Papá, te necesito con urgencia, ¿dónde te habías metido?

Jimena al teléfono. Tenía entonces dieciséis años, una adolescente a la que la vida había impuesto una especial cuota de soledad. Vivía lejos de mí, con su madre.

—Fui a Acapulco, necesitaba armar un reportaje.

Por fortuna, las urgencias de Jimena eran para mí todavía previsibles. Nada de cuidado, pretextos que siempre agradecí para hablar conmigo.

—Comenzaron las clases y tú ni te enteras. Voy a la prepa…

—Jime, ya lo sabía, te iba a llamar mañana, lo que pasa es que apenas llegué y tengo mucho trabajo.

—Como siempre. ¿Estás solo o acompañado?

—Solo, mi hija, acabo de llegar de Acapulco.

—Por eso mismo te lo pregunto.

Jimena me habló de la nueva escuela, una escuela que estaba seguro acabaría por detestar. El Liceo del sur, un colegio de altas colegiaturas y bajo perfil académico y más bajo perfil humano. Me había opuesto a que la niña estudiara ahí, a que fuera a un lugar donde la principal enseñanza era no mirar al mundo o cuando mucho mirarlo a través de una rendija para seguir adelante y encontrar un lugar cómodo para pasar la vida.

No pude evitar pensar que como Jime, René Arias tenía dieciséis años cuando salió de Zihuatanejo rumbo al norte.

Me hace bien saber de la niña, el amor filial resulta atávico. Luego de colgar el teléfono me preparé otro sándwich. Me metí a la recámara y encendí la televisión. Ella apareció en la pantalla con esa sonrisa suya de jugador de póquer, una expresión plástica y banal, útil lo mismo para informar sobre los acontecimientos del día en la Cámara de Diputados que sobre un accidente carretero, la visita de un representante de las Naciones Unidas al país, las campañas electorales o los crímenes más crueles, antes de presentar al comentarista de deportes y luego anunciar una pausa comercial.

Nadie en el mundo, salvo yo, por supuesto, sabe lo que hay detrás de la sonrisa de "la dama de las noticias", como presentan a la mujer que detenta el más alto *raiting* de los noticiarios televisivos. Nadie imagina que tras esa ecuánime expresión se agitan turbulentas aguas sosegadas con una variada dosis de pastillas tragadas con asiduidad por la diva del periodismo mexicano. De cualquier manera, a nadie le debe importar, como tampoco importa al público del noticiero de las diez el que en lugar de información sobre el país se les presenten coloridas tergiversaciones sobre la realidad. Un ejercicio que raya en lo perverso pero que, por años, ha demostrado su eficacia.

La de las noticias en la tele es la madre de Jimena. Por aquello de las perversiones y los extraños espejos en que nos reconocemos sigo enamorado de ella.

Las adicciones a las drogas baratas y adulteradas pueden resultar peligrosas, por eso, en cuanto pude apagué la televisión. Antes de ir a dormir con el ánimo de un monje budista que tiene que cumplir con su devota disciplina puse el despertador a las cinco de la mañana. Tendría seis horas, tiempo de sobra para escribir la crónica y seleccionar los fragmentos del diario del Diablo para enviarlos a la revista.

En la pared del fondo de la redacción de la revista hay un mapa del país. Debe estar ahí desde hace años. *Semana* es una vieja revista, comenzó a publicarse hace tres décadas, cuando las cosas marchaban bien para el diario *Summa*, una desaparecida cooperativa que en sus mejores tiempos practicó un periodismo donde privaba la idea de que la información era necesaria en una sociedad atribulada por la falta de democracia y la pobreza. *Summa* libró la batalla en contra del más tradicional de los priísmos y terminó por pagar el precio. El diario desapareció y la cooperativa quebró. *Semana* quedó ahí como un extraño bicho que se resiste a morir, el último de su especie frente a los voraces depredadores comerciales. *Semana* sobrevive en una constante agonía. Parece imposible que todos los lunes aparezca en los puestos de periódicos como un emisario de otra época y otro periodismo.

En ese mapa veo mi próximo destino, Tijuana, esa ciudad cosmopolita, diversa, la más fronteriza de las ciudades en la frontera entre México y Estados

Unidos. Tijuana y sus turbulentas realidades: la famosa avenida Revolución y el reventón para los güeros; el viejo Bordo como un eterno monumento del derecho a migrar, a ir tras de la supervivencia. La frontera burlada millones de veces a pesar de la tecnología del terror. La pobreza de los barrios de la periferia, habitados por quienes hace mucho se quedaron con ganas de cruzar al norte. La engañosa modernidad de los bulevares y los grandes hoteles. La calle Coahuila y sus placeres de paga. Tijuana y sus muertos. Ciudad donde los sueños baratos de la droga se consiguen y bien que sirven para mitigar los excesos de realidad.

Encontré a Neto frente a la pantalla de la computadora, aunque apenas era lunes ya armaba los contenidos del próximo número de la revista. Eran las once y media de la mañana y estaba apurado, en media hora sería la junta editorial. Neto mantenía siempre en reserva un par de notas para usarlas, pero las exigencias del acontecer lo llevaban siempre a desesperados cierres la noche del viernes, cuando apenas y quedaba tiempo para enviar la revista a la imprenta.

La historia del asesino múltiple de San Jerónimo apareció en las páginas centrales de la revista. No había leído la crónica publicada, el domingo me levanté tarde. Fui al cine con Jimena, vimos una chabacana comedia de amor gringa que cumplió su cometido, apartándome de la historia del Diablo. Comimos en Plaza Universidad, en un restaurante de comida oriental. Domingos como ése, tranquilos, donde no ocurre nada, son como para guardarse en un frasco, conservarlos intactos y sacarlos de ahí cuando la vida parece descomponerse, echarse a perder y terminar apestando.

—El jefe quiere hablar contigo. Nos guardamos lo del diario para esta semana. Está cabrón tu cuate. Te vas a Tijuana mañana mismo.

La oficina de Salas estaba atestada de periódicos, pilas de diarios viejos, con noticias del pasado. La perfecta escenografía para el viejo periodista. Un maestro del oficio al que le gustaba charlar conmigo acerca de los viejos días y, sobre todo, de las noches de los periodistas que poblaban las redacciones de los diarios de la ciudad de México hace cuarenta años.

Salas nos miró entrar, saludó con una discreta sonrisa. El hombre había recorrido el continente como corresponsal de la agencia Prensa Latina en la década de los años sesenta. Había reporteado muchas historias en la Latinoamérica inmediatamente posterior a la Revolución cubana. En México pasó por la redacción de los principales diarios y en *Summa* libró célebres batallas por un periodismo que no se limitara a la declaración oficial y a la nota de impacto. Entre sus más acendradas fobias estaba la que sentía por los periódicos que decía habían sido tomados por los diseñadores gráficos para ocultar tras de espectaculares fotos y el colorido de engañosas trampas la información. Detestaba también los noticiarios televisivos, seguramente porque había sido jefe de información por un par de años del más visto de ellos.

—La historia del Diablo es fenomenal. Da para mucho, por eso no la publicamos. Quiero que la sigas –Salas tenía la virtud de no imponer nada, sugería, dejaba hacer–. Tómate tu tiempo, sigue los pasos de Arias, vamos a ver qué encuentras.

Cualquiera diría que estábamos en otro lugar, en otra revista, en otro país. A Salas no le importaban las carencias, más allá de la realidad de la crisis en la que sobrevivíamos, con adeudos de todo tipo, falta de publicidad y pagos atrasados, seguía de terco con aquello de hacer buen periodismo. Tenía razón, lo mejor que tenía *Semana* eran sus fieles lectores. Esos lectores agradecían que nosotros intentáramos dar una versión distinta de lo que ocurría en el país, la contraparte de la fragmentada realidad que ofrecían los medios electrónicos, de las noticias maquilladas de los encabezados de impacto en la prensa escrita.

—Arregla lo de los viáticos en la caja. No te preocupes por lo de los boletos de avión. Al rato llamas para que te den el número de vuelo.

Me gustaba planear el armado de las historias que publicaba en la revista con Salas y Neto, dos viejos reporteros.

—Voy a seguir sus pasos, a confrontar lo que leí en su diario con la realidad.

Tras de las líneas escritas con puntual tinta negra, letra menuda y precisos renglones rectos, en el diario del Diablo me había topado con el espanto. Una historia de los horrores personales de un asesino múltiple.

—Los fragmentos que seleccioné son sólo una aproximación a la realidad del tipo. Hay mucho más sobre esa historia –dije.

—Una historia en la que tienes que penetrar en la jodida realidad de un muchacho cualquiera que se va al norte, que migra como muchos y termina convertido en asesino –a Neto siempre le preocupaba el contexto de la información, el ir más allá de los acontecimientos–. Está cabrón, pero tenemos que entender por qué chingaos ese muchacho una noche cualquiera toma un rifle y mata a diez, a doce personas. Responder por qué sucedió en un pueblo como hay muchos en este país.

—Es una historia de horror, del peor horror, el que entraña la realidad –dije–. Sin querer había repetido parte del texto con el que presentaba el fragmento del diario que íbamos a publicar.

—Trata de contar la historia de manera directa. Con toda su crudeza–me recomendó el viejo Salas.

Luego de salir de su oficina fui a la caja, donde entregué mi recibo de honorarios, el tercero en espera de ser cobrado. Mi modesta cuenta bancaria resentía la falta de recursos. Apenas tenía para resistir un par de semanas. En la ventana de la oficina, un viejo cuarto que conservaba el aspecto y el mobiliario de la mejor época del desaparecido diario *Summa,* habían pegado un oficio que anunciaba el próximo pago hasta dentro de dos largas semanas.

Margarita, la encargada, me entregó cinco mil pesos y como siempre me recomendó traer las notas para acreditar mis gastos. Éramos amigos, siempre es bueno tener de aliados a quienes manejan los dineros.

Llegué a Tijuana al mediodía; gracias a los viejos contactos de Neto, quien había trabajado por años en noticiarios de la radio y tenía muchos amigos, contaba con una reservación en el Gran Hotel, que ocupaba un enorme edificio en el Boulevard Aguacaliente. Desempaqué en cuanto pude. Llevaba conmigo los cuadernos del Diablo. Los guardé en el fondo de la maleta que había desocupado, como si se tratara de un tesoro. Había alquilado el que quizás era el último Volkswagen sedán en renta de la ciudad. Lo acababan de pintar y según los encargados de la Oficina de Rent Europe no hacía mucho que le habían ajustado el motor. Era una verdadera ganga, cuatrocientos pesos diarios con seguro incluido.

El primer destino en ese viaje al corazón de lo vivido por el Diablo tenía que ser el Bordo. Aquel lugar donde habían levantado una doble barda de metal, la punta de lanza de la Operación Guardián gestada a mediados de los años noventa del siglo pasado. La base de la estrategia seguida por el gobierno de Estados Unidos para limitar la migración, el principio del endurecimiento de la política migratoria. El lugar donde se había desplegado la más sofisticada tecnología, con helicópteros y sensores de calor instalados en el piso, con un inusitado despliegue de efectivos de la *border patrol*, para hacer la guerra a quienes se marchaban al norte en busca de dinero.

Como muchos otros, el Diablo había llegado al Bordo a buscar por dónde cruzar al otro lado. Fue un largo viaje, de Zihuatanejo a la ciudad de México y luego a Tijuana, un viaje de casi cuarenta horas en la ruta de modestos autobuses donde nadie se acostumbra a la incomodidad. Un viaje donde mitigó la sed y el hambre con papas fritas, gansitos y cocacolas.

No quise, no pude hablar con nadie. Horas y horas de silencio y carretera. Pensaba en el futuro, quería convencerme de que me esperaba otra vida. No eran los dólares, menos el trabajo, quería dejar atrás quién era, quién había sido. De la familia llevaba sólo una foto, que muy pronto iba a perder. No era como ellos, ni como mi papá y su resignación de maestro de primaria que trabaja doble turno para ganar apenas lo necesario para vivir; tampoco como mi madre, tan enojada con la vida; menos como mi hermano y sus fracasos. A todos los había dejado en mi otra vida.

Caminaba por el Bordo, cerca de la barda, frente a la carretera, por la vieja ruta de los migrantes, una ruta abandonada.

René y sus dieciséis años, un chavito que llega de madrugada a la estación de autobuses, que despierta sobresaltado poco antes de entrar a Tijuana, que no termina de creer que el viaje llegó a su fin, con las consecuencias por haber estado tantas horas sentado mordiéndole de dolor el cuerpo. Ese chavito apenas le responde a la mujer, cuarentona, originaria de Guadalajara, trabajadora de una maquila, quien se despide deseándole suerte.

Se toma su tiempo antes de ponerse en pie, cuando lo hace busca su pequeña maleta. Baja del autobús, todavía no amanece así que decide que lo mejor es sentarse por ahí, antes de encontrar lugar entre un par de indigentes que duermen tumbados en las incómodas sillas busca algo que comer. La mejor torta de jamón con queso que probaría en su vida.

Por este lugar anduvo el Diablo cuando era apenas un muchacho de dieciséis años. Imagino que recorrió el Bordo, las sinuosidades del sitio donde se levanta una cerca para delimitar el futuro tras el cual muchos han llegado. Me topo con un hombre, enflaquecido hasta lo increíble, una costra de mugre que anda en pena. Es uno de quienes todavía ahora, años después de que la pasada por los caminos del Bordo fue clausurada, siguen por aquí de camino tras un truncado viaje al otro lado.

Se tumba donde puede, aunque está agotado evita el sueño, teme que lo roben. Mira el enorme reloj colocado en la pared de enfrente, son las cuatro y veinticinco de la mañana. Percibe el silencio de esas horas en la vieja terminal de autobuses. Hay otros viajeros rumbo al norte. Muchachos como él, quizás un poco mayores, que aguardan por el camino, por la ruta tras el verde sueño del dólar. El Diablo no tuvo suerte, pasaron semanas enteras antes de que pudiera cruzar.

> En Tijuana me quedé a la fuerza. Estaba solo, era un morrito. Fui de arriba para abajo, cuando alguien se queda así, solo, verdaderamente solo, lo que hace es seguir al instinto y el instinto te dice que hay que vivir. Así que ni modo. Cuando escribo esto, aquí en este cuarto en San Jerónimo recuerdo al chavito ese de mis primeros días en Tijuana y siento lástima. No podía dejarme morir, había que seguirle, seguirle al norte.

Lo despierta un suave golpe en la cabeza, asombrado mira a un hombre cuya expresión le aterra. El tipo dice algo que no alcanza a entender. Sus movimientos son nerviosos. El hombre lleva una camisa a cuadros azules, llama la atención su pelo, una mata rebelde y rojiza. Por fin entiende lo que le dice, lo va a cruzar, lo quiere cruzar. El viaje cuesta veinte dólares o doscientos pesos, lo que tenga. Tiene que decidirse ahora mismo. Es mejor cruzar antes de que amanezca, la troca ya los espera.

Hacía calor, el sol brillaba en lo alto. Además del fantasma con el que me topé, una visión de quienes se quedaron de este lado, no vi a nadie más. Me asomé por uno de los hoyos por donde los viajantes miraban, ahí estaba la camioneta de la migra, blanca, enorme. Era uno de los puestos de vigilancia establecidos hacía años.

Aquel muchacho que se convirtió en el Diablo pudo llegar hasta aquí también a mirar para el otro lado a través de esta rendija en la barda.

Sigue al hombre hasta la camioneta. En la parte posterior, en la caja al descubierto, esperan amontonadas cerca de veinte personas, hombres, mujeres, un par de niños. Todos quieren llegar al otro lado. El tipo le arrebató los doscientos pesos fuera de la terminal, tuvo que ir tras él de prisa, lo siguió hasta la calle oscura donde se encuentra en la camioneta en la que sube. En la cabina viaja otro hombre, junto al pelirrojo. Alguien dice que si todo sale bien, en menos de tres horas estarán en Los Ángeles. Pero todo sale mal. Un automóvil los sigue en la carretera, en cuanto la camioneta se detiene cuatro hombres armados con pistolas bajan del auto. Se toman su tiempo para despojar a los viajantes de cuanto pueden. Violan a dos mujeres en presencia de todos. Una negra fiesta de llanto y dolor, el tipo de la terminal está excitado, estuvo a punto de darle un tiro en la cabeza a una de las víctimas que trató de oponerse. Los dejan en despoblado, nadie sabe dónde. Lo peor pasa cuando llegan las patrullas y quedan a merced de maleantes con placa.

Volví por el vocho negro, a bordo del automóvil recorrí despacio la ruta del Bordo. La Operación Guardián fue dura y eficaz, los migrantes habían tenido que encontrar nuevas rutas, rutas peligrosas por las montañas y el desierto. Miles habían muerto a lo largo de una década en su intento por cruzar la frontera, además de que el tráfico de personas se había convertido en una floreciente industria para el crimen organizado. Al final me detuve cerca de donde subsisten algunos pequeños hoteles. Lugares ínfimos con una sombría carga que se adivina con sólo verlos. El Hotel América, el Dos Mundos, el Hotel Frontera... sitios ruinosos, donde todavía hoy sobreviven muchos de quienes jamás cruzaron. Por ahí corre mucha droga, heroína, crack. El fantasma de la sobredosis acecha en cuartos de paredes despintadas y malolientes baños.

Aquel chavito regresa a Tijuana a pie, camina por la carretera bajo el sol. Va solo. Su imagen remite al desconsuelo, a la pobreza. Una estampa de la realidad de un país en crisis. Imposible regresar a su casa, Zihuatanejo queda muy lejos. El pasado no existe más, quedó olvidado en alguna parte, perdido en la pequeña maleta de la que lo despojaron, donde guardaba la fotografía de su familia. Tijuana: ¿A dónde ir? Tijuana: el hambre...

El arpón es terrible, te somete. Das todo por su calor. Dulce placer que importa más que la vida. El arpón en la vena excita, es el principio de la ida al fuego que inunda, de la paz que reconforta. Nada más allá del momento en que la reina te prende. El arpón te marca, puntos que se hacen agujeros y luego crecen como abscesos. Marcas dejadas por el paraíso inoculado. Tenía rastros de los piquetes en todo el cuerpo, en las piernas, los dedos de los pies y el cuello. La mirada azul de una princesa de cuento. Tocarla era como sentir las nubes. El sexo con ella te llenaba de una sensación de tranquilidad. Amores pasados por el arpón. Tendidos en la cama de aquel cuarto de hotel. Drogados y felices. La mataron. Eso fue todo.

Fue un impulso, tenía que hacerlo, bajé del vocho y caminé al Hotel Frontera. A unos metros de la entrada un par de tipos me miraron recelosos. Pantalón de mezclilla y camiseta. Uno de ellos llevaba gorra de beisbolista. No pregunté, pero debían ser el conecte, de seguro con ellos se conseguía lo que se buscaba, lo que hiciera falta. También podría preguntarles sobre una visa, la identificación de residente, la licencia o la credencial del Seguro Social. Todo era cuestión de dólares.

Del otro lado de la calle, metidos en un viejo auto, un Topaz guinda, despintado y sucio, otro par de hombres vigilaba. En las calles de Tijuana nadie trabaja solo. Uno de aquellos fantasmas del Bordo se acercó y me pidió una moneda: "un cualquier, cualquier, para ayudarme padrecito". Imposible saber su edad, la ruina de las pesadas adicciones.

La puerta del hotel era de cristal, alguna vez fue polarizada, ahora la capa plástica estaba carcomida. En blancas letras mordidas por el tiempo se leía "Hotel Frontera".

Empujé la puerta para toparme con un olor a cloro, había que mantener la recepción limpia, alejar la peste que no cesaba de enturbiar el ambiente. Al lado izquierdo una mujer de rostro vulgar, con el pelo recogido, los labios pintados de intenso rojo, maquillada como muñeca mofletuda y morena veía la televisión, que en ese lugar debería permanecer encendida las veinticuatro horas. Al fondo había un altar con veladoras donde la Virgen de Guadalupe y la Santa Muerte compartían devociones.

De momento no supe qué decir a la mujer que me miró sorprendida. No tenía la facha de uno de los clientes del hotel. Para conectar estaban los tipos de afuera y si necesitaba una mujer bastaba con ir a la Coahuila.

—Buenas tardes... necesito un cuarto –no iba a decirle que era periodista y menos que seguía el rastro del Diablo.

—Son cincuenta pesos.

Bastaba con pagar, la mujer llevaba ahí el tiempo suficiente como para no sorprenderse de nada. Tampoco parecía importarle demasiado si en cuanto entrara al cuarto iba a fumar crack o arponearme, tampoco si esperaría a la mujer con la que había hecho trato ahí cerca o al hombre al que había pagado por sus favores. Menos si quería estar solo para masturbarme en un lugar tan sórdido como ése.

Me dio la habitación 27.

—Está en el segundo piso, subiendo por la escalera a la derecha.

La escalera estaba en la penumbra, había que pisar con cuidado, el olor del cloro cedió terreno a una pesado tufo de orina de gato mezclado con otros turbios aromas. Alcancé a oír los gritos desesperados de una pareja que peleaba en alguno de los cuartos del primer piso.

Los cuartos tenían pintadas sobre baratas puertas de madera los números en negro. Busqué el 27. Estaba al final del pasillo. Metí la llave en la cerradura y abrí. El lugar estaba oscuro, encontré el apagador en la pared. La luz mustia de un foco pelón iluminó el cuarto. Era sórdido y pequeño, con una cama al fondo. Nadie se había tomado la molestia de estirar siquiera la colcha roja de encima. Frente a la cama había una mesa pequeña sobre la que descansaba un viejo televisor en blanco y negro.

Me quedé en silencio por un rato sin atreverme a entrar. Ni siquiera había cerrado la puerta a mis espaldas. Era mejor hacerlo, recordé a los tipos de allá fuera. Decidí sentarme en la cama, no importaba el olor, la peste a los cuerpos de otros, los que habían dormido ahí, los que entraban al hotel con una dosis y presurosos la consumían. Imaginé las pesadillas de quienes reunían los cincuenta pesos para pasar la noche en una cama, aunque fuera ésa. Me estremecí con los placeres de los cuerpos que alguna vez se encontraron en ese lugar. Sin pensarlo demasiado tuve la certeza de que el Diablo había pasado por ahí.

Me quedé un rato bajo la tenue luz de ese foco. Estaba tendido en la cama. No escuchaba nada, el 27 era el último cuarto de un sinuoso pasillo. Encendí la televisión para encontrarme con el noticiario del mediodía. Bajé el volumen para no escuchar, miré en la pantalla imágenes del mundo en blanco y negro. Todo estaba tan lejos y parecía tan falso.

Había llegado a ese cuarto como parte del itinerario del viaje que había decidido emprender. La ruta tras el Diablo. Sentí ganas de orinar, me levanté y di un par de pasos. Tal vez ese baño era el peor lugar del hotel. Mientras orinaba vi el enorme corazón que alguien había grabado en la pared, quizá con la misma llave del cuarto. Ese corazón tenía que permanecer ahí a pesar del paso del tiempo. Nadie iba a darle una mano de pintura a la pared de ese baño. Dentro del enorme corazón estaban las iniciales de los amantes: A y S.

Me quedé ahí un rato más, luego apagué la televisión y salí del cuarto. Bajé las escaleras y devolví a la mujer la llave. Ni siquiera me miró, lo que sea que hubiera subido a hacer había sido rápido. Ya en la calle miré a esa mujer, una belleza ajada y triste, grotesca por los intensos colores del maquillaje en su rostro. Se acercó, me sonrió. No entendí lo que me dijo. No pude evitar mirar las marcas de los arponazos en su cuello.

Empezaba a oscurecer cuando llegué a mi cuarto en el Gran Hotel. Tenía suerte, mi cuarto estaba en lo alto del edificio, desde la ventana podía ver Tijuana extenderse a lo lejos, ir del centro del valle a sus extremos. Una ciudad que se había multiplicado quién sabe cuántas veces. Frente a la ventana estaba el escritorio donde encendí mi laptop, una bitácora de mis viajes y las historias contadas. Había estado en Los Ángeles varias veces y había ido al barrio de la Logans para tratar de explicarme quiénes eran y de dónde venían los pandilleros que estaban involucrados en la muerte del cardenal Posadas. En Los Ángeles, un alto funcionario de la policía me había dicho que el mayor peligro de lo que llamó "terrorismo interno" eran las pandillas, había cientos en el condado de Los Ángeles y la mayoría eran peligrosas. Estaban involucradas en los turbios negocios de la calle: el narcomenudeo, la prostitución, la venta de protección a los comerciantes, los asaltos...

El Diablo había sido uno de ellos.

Cuando estás solo, cuando a nadie le importa lo que pase contigo, la muerte aparece y te sonríe. A mí me tocó y me hizo de los suyos. Desde entonces no tengo miedo. Me protege. Trabajaba en lo que podía por unos cuantos dólares. Vivía en la calle sin que a nadie le importara. Tenía que llegar al barrio, al barrio de la Florencia. Ahí me encontré con otros como yo y ya estuvo. Pude seguir adelante, era acá de los más fieros porque tenía quien me protegiera, quien me cuidara. La muerte me tocó, me besó una noche con sus fríos labios.

Trabajé un rato más, busqué en la computadora los archivos del par de reportajes que había hecho para la revista sobre pandillas. Los leí. Estaba cansado, necesitaba tratar de olvidarme de la historia de René Arias. A veces, los murmullos de los hoteles que llegan a los cuartos donde los hombres solos tratan de hacer algo con el tiempo que les queda después de la jornada de trabajo sirven de modesto consuelo. Escuché la voz, la risa de una mujer. Tenía que llamar a alguien, contarle dónde estaba, qué hacía. Una especie de salvavidas para no dejarme arrastrar en la ruta del Diablo.

Tomé el teléfono y marqué el número de Lourdes, bailarina devenida en fotógrafa. La había conocido apenas, en la marcha de los mil días contra la impunidad. Tenía un encanto felino. Me respondió la insensible contestadora telefónica. No quise dejar ningún mensaje. Busqué en la agenda otro número, Silvia había sido mi alumna muchos años antes. Divorciada, siempre dispuesta a encontrarse con el personaje ese que me había inventado: un hombre de acción, un reportero que cuenta siempre duras historias. Me gustaba hacer el amor con ella, era alocado, le daba a nuestros encuentros una dosis de desenfreno, imagino que trataba de estar a la altura del personaje que yo representaba con poca fortuna. Su teléfono portátil me mandó al buzón. Un número más, Cande, la vecina tampoco estaba. Lo intenté un par de veces más. Estaba a punto de llamar a la diva de la noticia, pero me resistí a tiempo. Sabía que no tendría tiempo para mí, en un par de horas iba a entrar al aire con esa sonrisa suya que llenaba la pantalla de televisión.

Tengo que reconocerlo, en ocasiones me sirves de pretexto, de excusa para mirar a otro lado.

Apagué la computadora, busqué mi libreta negra, una pluma y me planté en el escritorio, frente a Tijuana de noche, para escribirte.

¿A qué sabe tu sexo?... Te escribo para no olvidar lo que nuestros cuerpos eran capaces de hacer.

Los prodigios que nos hacían sentirnos vivos.

Dos dulces bestias, haladas por el placer.

El amor no es una costumbre, tampoco una forma de redención, es el abismo. Amar es poseer al otro, devorarlo. Vivir del otro. Nos amamos tanto que por eso nos aniquilamos. El amado enemigo, la amada enemiga. Antes que morir, que morir de ti, tenía que dejarte. Por eso fui el primero en marcar distancia, en hacerte el vacío. Me negué a ser devorado. Después de eso no hubiera quedado nada más que darte, ni siquiera los restos de quien soy. Te dejé aunque siguiéramos juntos y la vida siguiera su curso. Tenía que salvarme para no perderte.

No lo entendiste, no esperaba que lo entendieras. Ni yo mismo lo entiendo. Decidiste que para nosotros no bastaba con los años de resignación que comparten muchas parejas hasta que la muerte los separa. Por eso te largaste.

Tuyo, como siempre

Gran Hotel, Tijuana...

Estaba harto de los desayunos de buffet hoteleros, así que ordené al *room service* un par de huevos con tocino y café. Tijuana había amanecido soleada. Algo en este lugar me atrajo siempre. En esta ciudad todos saben que hay que "rifársela", darlo todo y cada día seguir para adelante. La gente de aquí llegó de otras tierras varias generaciones antes, migrantes que demuestran cómo la diversidad se multiplica y hace florecer formas de vida distintas y prolijas. La intensidad de Tijuana tiene que ver con su doble realidad, esa ciudad de paso donde se termina por encontrar un lugar propio. La vecindad del otro lado y los dólares que vienen de allá matizan la realidad. Tijuana no es una sino muchas, el centro, los fraccionamientos de la zona de Playas, las ciudades perdidas que se extienden en las altas lejanías que la circundan.

Una de las organizaciones criminales más poderosas y longevas, seguramente de las más redituables de las trasnacionales del narco, lleva su nombre. "Los

Aretes", como les llaman aquí, encontraron un centro de operaciones para surtir de mariguana, coca y anfetaminas al mercado del otro lado de la frontera.

Por décadas, Tijuana fue la última estación en el viaje rumbo al dólar. A un paso de la dorada California se contagia de su brillo y deslumbra a los incautos.

Su leyenda negra la protagonizan poderosos personajes ligados a la política y al narco. No fue una casualidad que en esta ciudad asesinaran a Luis Donaldo Colosio, aquel candidato a la presidencia del país en el preludio de la creciente crisis del sistema político mexicano.

Desde hace años la droga corre por las calles, el negocio del narcomenudeo prospera truncando vidas. Esta ciudad es uno de los preferidos campos de batalla donde los narcos dirimen sus diferencias con "levantones" y ejecutados.

El secuestro llama a la puerta con aterradora frecuencia y muchos han tenido que migrar después de pagar millonarios rescates por el padre, el hermano, el tío y un par de los hijos.

Tijuana enamora por su halo negro. La Coahuila y sus amores de paga. Noches que nunca terminan. La permanente tentación de la manzana.

Tijuana y la quebradita, Tijuana blues. El maestro Javier Bátiz y su guitarra de nunca jamás animan esta rola.

Llamé a mi amigo David James Gómez, veterano del periodismo en la ciudad. Lo buscaba cada vez que iba a Tijuana. Nos citamos en su oficina, una modesta cerca del Bordo. Alguna vez un colega fotógrafo me dijo: "en Tijuana todos los caminos llevan al Bordo", parecía tener razón.

Lo que le había permitido a David mantenerse treinta años en el oficio, haber recorrido distintas redacciones de diarios y revistas, ser corresponsal independiente de quien quisiera comprarle su trabajo, era esa cualidad suya de saber mirar la frontera, de conocerla y entender su más profunda dinámica. A lo largo de los años James había cultivado los más diversos contactos y su agenda siempre estaba disponible para los colegas.

Desde hace años que sobre David James pesa una condena de muerte, por eso algún amigo suyo, nunca he sabido quién, mantiene sus escoltas, ese par de hombres lo acompañan a todas partes. Mientras uno de ellos permanece alerta en el estacionamiento donde

James guarda su auto, el otro funge como una suerte de recepcionista a la entrada de la oficina del periodista.

En el tercer piso de uno de esos edificios a los que la modernidad con la que fueron diseñados volvió feos y decadentes luego del paso de unos cuantos años, James montó lo que parece más el cubículo de un investigador universitario, que la oficina de un periodista, en donde hay atestados libreros, carteles de eventos culturales, como el concierto de Los Lobos en la plaza de toros o ciclos de conferencias en la Universidad de California en Los Ángeles, en torno a la binacionalidad de la región.

Una puerta de hierro, siempre cerrada, protege el departamento. Hay que tocar el timbre y esperar a que el tipo de la recepción mire por unos instantes al visitante por medio de una pequeña cámara instalada dentro de una burbuja de plástico sobre el techo.

El guardaespaldas me recibió con su mejor sonrisa, cuarenta años, moreno de tupido bigote. Sé que nació en un pueblo cercano a Veracruz, alguna vez conversamos mientras esperaba que James concluyera la entrevista que mantenía con alguna estación latina de radio de Los Ángeles.

Encontré a David frente a la computadora, tecleaba con ritmo. Levantó una mano a modo de saludo y siguió en lo suyo. Me senté frente al escritorio. La música de Santana y su banda con "Mujer de magia negra" completaban la atmósfera del lugar. Mi amigo andará por los sesenta años, un viejo hippie a quien la vida llevó por los senderos del periodismo. David James escribe relatos de lo que llama "ciencia ficción charra", textos irónicos sobre la realidad de la frontera que espero alguna vez llegue a publicar. Nos conocimos hace años, en la oficina de la delegación local de la PGR. Montábamos guardia en espera de un boletín de prensa tras del homicidio de Colosio. James siguió la ruta de los otros Aburtos, publicó una serie de reportajes sobre un par de personajes que estuvieron en el lugar de los hechos. Uno de ellos, quien estaba seguro disparó en contra del candidato del PRI, fue asesinado la misma noche del crimen.

—Dame tres minutos y estoy contigo –dijo–. Tengo que terminar este texto de urgencia. Te va a encantar, ¿sabes cuántas casas abandonadas hay en Tijuana?, así, abandonadas por completo. La gente, familias enteras, se han ido para salvar la vida. Se trata de víctimas de secuestros, pero también hay quienes les cobran viejas deudas. Prestanombres de los mafiosos que huyen antes del amanecer, ejecutados...

Una de tantas historias de la frontera.

En una pequeña mesa había una cafetera, me serví y revisé los libros apilados en una silla. Un par de novelas en inglés, el libro de los *Espejos*, de Eduardo Galeano; *Noticia de un secuestro*, de Gabriel García Márquez...

Le conté a James la historia del Diablo, su llegada a Tijuana, su frustrado intento por cruzar la frontera. El diario no estaba redactado de manera cronológica, más bien narraba fragmentos de lo vivido por aquel muchacho. Eran fragmentos escritos con esa letra suya, menuda y fina, trazada con esmero, sin equivocaciones, sobre las blancas hojas de un cuaderno.

—Entonces vivió en Tijuana un rato, se movió en las calles y logró sobrevivir –David hojeaba despacio el cuaderno que había traído conmigo. Quería compartir esa historia con él.

—Sí, aquí encontró la ruta para el infierno, si me dejas decirlo así. Se clavó en las drogas. La heroína. Era sólo un chavito de dieciséis o dicisiete años.

—Como muchos otros. Vamos a ver, ¿sabes dónde la rolaba?, ¿por qué barrio andaba?

—No, en el diario hay sólo alguna referencia al centro, a los hoteles de por ahí.

—Son como una estación del infierno, la primera en la ruta que siguió el chavo –dijo David, mientras posaba la mirada en algún párrafo. Más que leer podría decirse que escudriñaba en las palabras escritas–. Entonces el tipo regresó con su familia a un pueblo de Guerrero y una noche estalló.

—Si fueron doce muertes. No falló un solo tiro.

—Sabía disparar, lo entrenaron. Una máquina de matar. De seguro era un sicario.

—Sí, pero quiero armar las piezas del rompecabezas. Juntarlas todas. Tengo algo, pero necesito más para seguir...

—¿Te quieres clavar en el abismo del chavo?, ¿recorrer su infierno personal?

—Sí, quisiera explicar lo que le pasó, lo que vivió, lo que lo llevó a explotar –David James buscó sus cigarros entre los montones de papeles de su escritorio. Tomó uno, me ofreció otro y aspiró el tabaco con placer antes de decirme–: no vas a poder; además, no se trata de explicar nada.

—Tienes razón, sólo quiero seguir su ruta, ese itinerario de los pasos confusos y desesperados que pueden llevar a un hombre a convertirse en asesino múltiple.

Santana y sus viejos éxitos, aquel rock de entraña latina retumbaba en la pequeña oficina.

—Vamos a ver... tengo un par de amigos...

David James siempre tenía amigos. Pocos conocían los entramados ocultos de la ciudad y a sus personajes como él. Entre los amigos de James estaban, por ejemplo, un asesor de inteligencia de la embajada de Estados Unidos en México, un gringo que conocí en su oficina. También las mujeres de María Magdalena, una ONG formada por trabajadoras sexuales a las que James asesoraba jurídicamente. Tenía contactos lo mismo en los partidos políticos que en la policía. Conocía a más de algún pollero y me había presentado a un tránsfuga de la organización de los Arellano Félix, poco antes de que el tipo decidiera convertirse en testigo protegido del gobierno de Estados Unidos.

—Entonces Arias, ese chavo le metió a las drogas, las drogas fuertes y luego las dejó...

—Sí, antes de irse al otro lado, de vivir en Los Ángeles.

—Ya está, voy a llamar a un par de amigos. ¿Cuándo los puedes ver?

—Ahora mismo.

La Buena Vida estaba lejos, en lo alto de uno de los cerros que rodean a Tijuana. Un albergue para gente con problemas de adicciones. Por un lugar como ésos pasó

René Arias. El edificio de tres pisos pintado de blanco contrastaba con las modestas casas del rumbo, un barrio sin nombre, de calles sin asfaltar. Era imposible que hubiera llegado hasta allá en mi vocho alquilado, además de la distancia y la complejidad del laberíntico paisaje de calles enredadas estaban el lodo y los charcos. Era época de lluvias y en ese lugar no había drenaje. Josué, el amigo de David James, se encontró conmigo en la recepción del Gran Hotel. De camino tuvimos tiempo de hablar, Josué era médico, "un médico adicto a las drogas", como al parecer le gustaba decirlo. Se había iniciado después de los treinta años, una decepción amorosa primero, luego la fractura de la vida, la pérdida del empleo y después la ruta cuesta abajo hasta verse involucrado en la venta de medicamentos. Tres años de cárcel y de pronto su encuentro con la Buena Vida. Ahora trabajaba en el albergue como voluntario.

Faltaban quince minutos para las cinco de la tarde cuando conversábamos en el consultorio del médico, donde los muebles eran viejos, una lámpara de hospital seguramente donada, un escritorio, un par de estantes y una báscula.

—La droga que más se consume en las calles de Tijuana es el cristal –me dijo Josué–, provoca una enorme adicción y quema las ganas de vivir.

Me había hablado del culto de las cinco, la celebración de la vida de la gente en el albergue. Música y oraciones. El médico había insistido. Tenía que estar ahí, compartir con ellos lo que pasaba en ese culto. La verdad no esperaba mucho, confesiones y promesas de adictos en pos de un milagro a la medida del que de seguro era, en la mayoría de los casos, un efímero arrepentimiento.

Decidí contarle la historia del Diablo de San Jerónimo.

—Ese muchacho es como muchos que llegan aquí. Si me preguntas si lo conocí, te puedo decir que sí, ¿sabes por qué?, porque lo he visto en muchos otros.

A Josué no le iba mal, usaba barba que le profería cierto aire místico, un tipo robusto que se conservaba bien a sus cuarenta y tantos años.

—A veces quisiera saber cómo terminan algunos de estos muchachos, a dónde van. Los que jamás se recuperan de sus adicciones terminan mal, pero ahora me dices que a algunos de quienes llegan a recuperarse les va peor.

Por un momento temí que Josué me reprochara haber llegado hasta ahí con tan malas noticias. Estaba decepcionado y no podía ocultarlo.

—De cualquier manera voy a insistir en que nos acompañes al culto. Después quiero que conozcas a dos de los muchachos.

La sesión del culto corrió como lo esperaba, las posibilidades del rock, esa fuerza suya para remover las entrañas puede ser usada para los más diversos fines, aquí demuestra su utilidad en la salvación de las almas. Bajo, guitarra y batería... rock pesado en alabanza a Dios y luego el paroxismo del arrepentimiento. Un centenar de chavos metidos en un cuarto saturado de humanidad, con la mínima ventilación, levantaban sus brazos, enlazaban sus manos o se quedaban extáticos reconociendo sus pecados. "Siempre hay una oportunidad para arrepentirse, siempre", gritó el vocalista de la pequeña banda de la Buena Vida.

Era el espectáculo de los desesperados tras de una dosis de fe, la necesaria para seguir adelante y dar el próximo paso. Una dosis de fe para mantenerse limpio un día, unas horas más. El Diablo había sido uno de ellos, cantó, se conmovió hasta las lágrimas. Cuando se toca fondo y se muere en vida lo único que queda es la terca labor de la supervivencia. Luego hay que aferrarse a cualquier cosa para soportar las turbias corrientes de la existencia. Me había dicho Josué: "en la

Buena Vida nadie se queda a la fuerza, la desintoxicación es primero del alma".

El centro de rehabilitación funcionaba gracias a las donaciones, a la ayuda de los padres y familiares de los adictos en vías de arrepentimiento y "a la voluntad de Dios", como decía Josué, quien permanecía en el rincón, silencioso, podría decirse que oculto, con los ojos cerrados enfrentando sus propias culpas y demonios.

Después de que se exaltaron los ánimos con la música, hubo tiempo para la dura celebración de los arrepentimientos y su llanto y su dolor y las duras confesiones en silencio. Me sentí agobiado, necesitaba un poco de aire, pero la puerta estaba del otro lado, así que me resigné a seguir ahí, a mirar los arrebatos que tenían lugar en ese cuarto donde decía el médico se llegaban a dar verdaderos milagros.

Poco a poco, bajo la intensidad del culto, la sesión siguió entonces un curso tranquilo y rutinario. Al final muchos de los participantes estaban agotados y se les miraba tristes, eran creyentes de un dios prófugo. Me pregunté si les sería suficiente con la dosis de fe consumida para seguir adelante, para no escapar y volver a la calle tras lo suyo, como tantas veces ya lo habían hecho.

Josué se acercó para llevarme de regreso a su oficina-consultorio. La Buena Vida era un lugar amplio, con por lo menos dos docenas de habitaciones en un par de plantas, un salón de clases, el espacio para celebrar el culto donde habíamos estado, y un modesto jardín donde crecían pequeños árboles recién plantados.

El primero de los muchachos que Josué quería que conociera era delgado y desgarbado, con el pelo corto y la mirada de quien está de vuelta de las peores pesadillas. Un sobreviviente, como había visto eran la mayoría de los asistentes al culto, aquella singular fiesta del rock y arrepentimiento.

Se llamaba Michelle.

—Me trajeron hace tres meses, había llegado a lo peor. Nada me detenía. Robé, hice mucho mal, pero aquí estoy con ganas de servir a Dios y enderezar mi camino –dijo el muchacho. Adiviné la necesidad que tenía de contar la sucesión de tragedias que había sumado en su vida como adicto.

—Fue de película, una película de horror. Me enganché muy chavo, luego la calle, los amigos. Después me fui quedando solo, al final vivía para drogarme. Me la pasaba encerrado en mi casa días y noches enteros. Varias veces traté de suicidarme. Mi madre trabaja en lo que puede, no tengo hermanos y mi padre está en Chicago. Somos solos los dos. Ella fue quien me trajo y aquí estoy.

Michelle nació y creció del otro lado, en Los Ángeles. Me contó que cruzó la frontera como fugitivo.

—Traía broncas de pandillas, muchas broncas. Eso es lo que te puedo decir.

—¿Cómo llegaste a las drogas? –pregunté.

—Me gustaba el ambiente, andar en los bailes, las discotecas. Primero el alcohol, después la droga. Era una fiesta. Todo era una fiesta.

El recuerdo de aquello provoca algo similar a una sonrisa que queda atrapada en una mueca. La mirada del muchacho permanece ausente, ausente y sombría.

—¿Por qué las drogas... por qué consumirlas? –mis preguntas tenían que ser directas, temía que Michelle escapara en cualquier momento sumiéndose en un cómodo silencio.

—Por ese vacío. Siempre tuve un vacío, quería llenar ese vacío, por eso andaba en los bailes, en las discotecas, en las drogas.

Michelle consumió lo que pudo, mariguana, cocaína, cristal...

—Empecé de morrito, crecí en el ambiente de los bailes, la discoteca. Lo primero es empezar, luego viene la tentación de probar otra y otra y otra droga.

—¿Por qué huiste de Los Ángeles, qué pasó?

—No sé, dicen que maté a unos vatos. La memoria no me funciona bien, la mente se me va. No puedo concentrarme. ¿Usted sabe lo que es tener la mente destrozada?

Michelle me contó que ahora todos los días se levanta de madrugada.

—Después de orar, salgo a la calle a guerrear. Vendemos portallaves y vasos con la imagen de Jesús. Aquí siempre hace falta dinero.

—¿Por qué guerrear?

—Afuera siempre nos acechan los demonios, por eso hay que guerrear.

Después de que se marchó, Josué me habló de aquel muchacho, lo de su madre era la primera vez que lo escuchaba. Había llegado a la Buena Vida por su propio pie. Venía agotado y enfermo. Ni siquiera sabían si su verdadero nombre era Michelle, tampoco si alguna vez había estado en Los Ángeles. Lo único cierto eran los evidentes estragos que sufría por el consumo de drogas: el cuerpo enflaquecido y esa vaga mirada puesta en el horizonte. La mirada del guerrero que no se resigna a la derrota, a quien sólo queda la última dosis… la última dosis de fe.

Apareció en la puerta un muchacho viejo, el personaje era como esas flores que antes de marchitarse por completo conservan la lozanía de un modo indefinido y triste en los colores de sus pétalos. Dos cifras definían la historia de Emilio, veinticinco años de adicción y dieciséis años vividos en distintas cárceles. Otro sobreviviente.

—He estado en distintas cárceles, una y otra vez, por varios años. El mismo vicio te lleva. Nada te satisface. De chavalo me metí a las pandillas, anduve por aquí y por allá, hasta que caí por primera vez en la cárcel.

Imposible saber la edad de este hombre, mientras que algunos de sus movimientos y su voz eran los de un joven, su complexión física y las marcas dejadas por la vida en su rostro eran las de un viejo. Josué se había marchado, estábamos solos en la oficina-consultorio de la Buena Vida.

Le había dicho que preparaba un reportaje sobre el narcomenudeo en Tijuana. Me interesaba entrevistar a adictos, penetrar en la tragedia de las adicciones.

—Te encontraste con un veterano, viví años para drogarme. Sólo eso me importaba. Consumí de todo, mariguana, heroína, cristal, de todo… la verdad no sé cómo sigo vivo.

—¿Dónde la conseguías?

—En donde quiera, por todas partes hay con quien comprar, las "tienditas" de los barrios están en las mismas casas de la gente. Sobra dónde.

Reconocí en Emilio la dura resignación de quienes purgan en las cárceles largas condenas. De quienes viven convertidos en un triste recuerdo de sí mismos y piden limosna a los visitantes de otros internos con mejor suerte. La terca manía de sobrevivir.

—Mira, te voy a decir qué fue lo peor de todo eso. Lo peor fue cuando los policías me usaron. Lo mismo vendí drogas, que cometí robos y maté. Te lo puedo decir porque Dios ya me perdonó.

Emilio llevaba diez años en la Buena Vida. Un veterano. Josué me había contado que como muchos otros, después de haberse desintoxicado, de "retomar el control de su vida", decidió que su camino era servir en la Buena Vida, la diferencia es que fue aceptado y desde entonces vivía ocupándose del aseo de la casa. Emilio jamás salía, había elegido aislarse del mundo, no volver a la calle ni a la cárcel.

—Bueno, lo del reportaje sobre el narcomenudeo –le dije– es sólo una parte de lo que estoy haciendo en Tijuana. Vine a buscar a alguien, alguien que quizá tú conociste. No lo sé, pero presiento que quizás estuvo aquí o en otro lugar parecido. Quizás en la cárcel o de seguro en la calle; fue adicto... lo llamaban el Diablo.

—Lo conocí. Conocí a muchos con ese apodo. También al verdadero. Muchas veces lo vi asomarse a mi vida, se cruzaba conmigo en la calle. Tenía muchas caras y era mucha gente. Conocí al Diablo.

Regresé a la soledad de mi cuarto de hotel y a la vista panorámica de Tijuana. A lo lejos ondeaba una enorme bandera y más allá se extendía el Bordo. Siempre el Bordo. Había colocado el pequeño escritorio frente al ventanal. Busqué la laptop, la encendí para encontrarme con una serie de correos rutinarios y aburridos. Había un mensaje de Neto, necesitaba saber si había encontrado algo para armar la historia del Diablo. No tenía demasiado, había seguido sus pasos, recordado su llegada a la ciudad y luego me había ido a meter a uno de los viejos hoteles donde pudo haber dormido alguna noche. Después había ido a la Buena Vida, donde conocí a un par de adictos rehabilitados, como lo había sido él. Tenía la impresión, sólo eso, de que uno de ellos lo había conocido. No tenía nada concreto, sólo un resumen de los pasos dados tras su rastro en Tijuana.

Por un momento tuve la tentación de ir a vagar a la avenida Revolución y sus viejos antros. Un tour que había hecho otras veces sólo para terminar aburrido. Lo mejor que me había pasado al caminar por la famosa *revo* una noche de sábado lluviosa, colmada de turistas, era encontrarme con un grupo de rock que tocaba fuera del tradicional frontón. El repertorio de aquella banda era de viejas favoritas sesenteras. Los *covers* más afortunados fueron los de Credence.

Desistí y preferí ordenar algo para cenar. Comí de prisa mientras veía en la televisión una vieja película de Tin Tan. Quise irme a la cama con un libro de poemas del maestro Luis García Montero, pero fue imposible, tenía cita con el Diablo.

Conocí al México, andaba por la Coahuila, la calle de las zorras. Despachaba en un restaurante de comida corrida. Ya estaba limpio, curado. Quería irme al otro lado, terminar por fin con ese mal viaje. Tijuana me traía muy malos recuerdos... aquella muchacha. A las drogas nunca las dejas, te persigue su placer y su pesadilla. Me perdí por días y días. No supe ni quién era ni dónde estaba. Era un lugar donde hablaban de Dios y me daban de comer. Sufrí por no tener lo mío. La muerte, mi amiga, me mandaba recados. Me dolía el cuerpo. Me dolía la sangre. Pasaron noches y días. Estaba tumbado en una cama, solo con mi peste y mis dolores. Amaneció y de pronto ya pude moverme. Ahí estuve semanas, meses. Al principio no me acordaba de nada, sólo sentía miedo, mucho miedo. Me perseguían los malos sueños. Todas las noches. Tenía que despertarme de madrugada y orar. Luego limpiar los dormitorios y asistir a los cultos. Tres cultos al día. No quería ser de los arrepentidos, pero quería ser de los sanos, por eso seguí limpio. Supe quién era y de dónde venía. No venía de la calle, había llegado al Bordo, iba para el otro lado. En otro planeta, en Zihuatanejo, vivía mi familia. Porque me iba al otro lado había ido a buscar al México.

Cerré el cuaderno, tenía el apodo de alguien, alguien que había escapado en mi primer acercamiento a las páginas del diario del Diablo aquella madrugada en Acapulco. El México era el coyote que había cruzado a René Arias al otro lado. Tenía que ir a la Coahuila y buscarlo. La pista del Diablo estaba en las calles de la zona roja de Tijuana.

Estacioné el vocho negro donde pude, unas cuadras antes del centro de la ciudad y caminé rumbo a la Coahuila. Eran pasadas las once de la noche, temprano para ir por ahí. Estaba seguro de que los viejos polleros seguían con el negocio de los cruces clandestinos por la frontera. Quizás habían cambiado de ruta, tal vez de métodos, ahora usaban documentos falsos y pasaban a quien podía pagar por ellos a pie, sin ningún problema, por la garita de San Isidro.

Las luces de neón te llevan, el espejismo del placer de paga. Los rostros de las mujeres maquilladas no terminan de ocultar la amargura, el cansancio, el tedio. Seguir los pasos de aquel muchacho, encontrar tres restaurantes y un par de taquerías donde pudo conocer al México. Andar por la calle, vagar tras un trago, en pos de un cuerpo. Veinte dólares y el hotel. La tentación de la entallada minifalda, las desnudas piernas y la sonrisa de labios tratados con colágeno de una falsa rubia disfrazada de Madonna.

Atreverse a entrar a uno de esos lugares. Las sillas forradas de plástico rojo, las solitarias mesas redondas visitadas sólo por tercas moscas. El menú: pozole y tacos dorados. Se venden cervezas frías y un gordo mal encarado atiende el negocio.

—Una orden de tacos y una corona –pido al gordo, que camina con desgano a la parte trasera del local, donde además de la cocina puede haber cualquier cosa. Un garito, un lujoso burdel con niñas explotadas, un fumadero de opio… el mismo infierno.

Comí despacio, la carne de los tacos estaba dura y la salsa desabrida, un grupo de hombres entró a la fondita. Se fueron a sentar en la mesa más distante de la entrada y pidieron cervezas. El gordo volvió, llevaba una vieja camiseta a rayas del Guadalajara, se le miraba rozagante y sonrosado. Un gordo feliz al que no parecía importarle demasiado la evidente amenaza de un infarto, ni la diabetes con la que se iba a topar en el futuro. Preguntó con desdén si quería algo más. No parecía dispuesto a perder más tiempo con el tipo que le había hecho mala cara a los tacos y ni siquiera había terminado la cerveza.

—Busco a alguien… necesito irme al otro lado.

El gordo llevaba un brillante arete en la oreja izquierda. Sonrió. Se tomó su tiempo para responder. Me miró despacio, como si midiera el efecto de las palabras equivocadas dichas a un desconocido que se adentraba en el terreno que le era encargado preservar.

—No te entiendo –dijo, plantándose con su voluminosa barriga frente a mí–, si quieres algo más pídelo y si no, vete.

Nada perdía con lanzar al aire una moneda, con invocar al azar, dios de los perdidos.

—Tengo un apodo, el México. A quien busco lo llaman el México.

La sonrisa de los rubicundos es diáfana, desborda alegría. Había tenido suerte.

—A ver, te tomas otra cerveza, pones en la mesa cincuenta pesos y yo llamo a quien buscas. Si algo anda mal, si te pasas, si resulta que eres un chiva te tuerzo –dijo el gordo sin dejar de sonreír, dejando caer la amenaza con un duro golpe de su mano derecha sobre la mesa.

Los tipos sentados en la mesa del fondo del local bebían en silencio. No parecían venir a buscar quien los cruzara al otro lado, tampoco eran fanáticos de los tacos de la fonda, más bien podían ser los encargados de darle protección al negocio, un policía ministerial y el par de madrinas que lo acompañan, siempre útiles para los trabajos sucios.

Tomé la cerveza despacio, presentí que algo no marchaba bien. Miré de soslayo al policía y sus secuaces. No parecía importarles demasiado mi presencia. Sabían bien que todo lo tenían controlado. Estaban tranquilos, la jornada iba a ser larga y se lo tomaban con calma. Miré el reloj, pasaba de la medianoche.

Tenía que relajarme, a nadie le convenía el escándalo, todo debería seguir en paz, las tranquilas aguas de la superficie ocultaban las turbulencias del fondo.

No esperé demasiado, un hombre con gorra de beisbolista y chamarra de cuero entró al negocio y se acercó a la mesa.

—Buenas noches –dijo con una amabilidad fuera de lugar.

Se sentó frente a mí y me miró sorprendido. Sonrió con un dejo de ironía, cuando esperaba que dijera algo sólo se quedó callado.

—Buscó al México –dije.

—Aquí me tiene. ¿En qué le puedo servir?

El gordo miraba atento lo que podía pasar, muy de vez en cuando ocurría algo más allá de la rutina. De seguro el conecte de los pases de coca, la dosis de cristal, o lo que le hiciera falta al cliente; el *bisnes* de las pasadas al otro lado corría sin sobresaltos bajo la mirada del ministerial vestido de paisano y sus dos golpeadores.

—Voy para el otro lado... no tengo papeles. Allá está mi familia.

El México volvió a sonreír con ironía. Miró a la mesa del fondo, luego al gordo. Todo estaba bajo control. Esperaba saber más, que le contara algo para creerle al tipo que tenía enfrente, esperaba por una historia cualquiera, la del deportado que dejó a su familia, la del fugitivo de la justicia mexicana, la del hombre agobiado por las deudas que un día renuncia a todo y se marcha.

—Mira, la pasada cuesta quinientos dólares. Los papeles están garantizados, cruzas la línea a pie y sin problemas. Si quieres ir más lejos te llevamos a donde quieras, sólo es cuestión de ponernos de acuerdo. Lo único es que no te creo. Así que mejor vete. Mis amigos son muy delicados y no les gusta la gente que dice mentiras.

La agencia de viajes del México cerraba sus puertas. Pero no iba a dejarlo todo y regresar al hotel, tenía enfrente al México, el coyote que cruzó a René Arias, conocido como el Diablo.

—Está bien, la verdad es que vengo a buscar a un pariente, un chavo al que cruzaste, no sé, hace dos o tres años.

—Cruzo a mucha gente, pagan y ya está. No me interesa nada más. Vienen muchos chavos, llegan de sus pueblos, traen el dinero para la pasada y hacemos negocio. Aquí trabajamos derecho, ¿le pasó algo a tu pariente?

—Dejó de hablar por teléfono a su casa, hace meses que no tenemos noticias suyas.

—Aquí en la frontera, lo mismo que allá del otro lado, la gente desaparece, algunos se olvidan de quiénes eran y otros terminan en las cárceles o muertos. ¿Traes alguna foto del chavo?

Recordé al Diablo en la morgue, la expresión de lasitud y calma de los muertos. Un múltiple homicida cuyo cuerpo nadie reclamó, abandonado en la gaveta por meses con el destino final de la fosa común.

—No. Era un chavo de veinte o veintiún años, delgado y moreno. Le decían el Diablo.

—¿Te imaginas cuántos pobres diablos como ése me buscan, a cuántos mando a diario al otro lado? –me preguntó el México.

Desperté temprano, amanecía en Tijuana; hay algo en esta ciudad que me seduce, la frontera entre dos mundos, su híbrida realidad capaz de conciliar las aspiraciones de modernidad y las tradiciones venidas con los inmigrantes de Jalisco, Michoacán, Puebla, Guerrero, el Distrito Federal... Ciudad de paso donde muchos se afincaron con la ilusión de marcharse un día, donde viven quién sabe cuántos cuyos nacimientos han sido registrados del otro lado por aquello de los beneficios que la ciudadanía estadounidense representa para la ubicua clase media. Tijuana y sus contrastes, la opulencia y la pobreza; el Bordo que se te aparece por todas partes; la vieja provincia cercada; las acechanzas del narco y su violencia.

Redacté la primera entrega del reportaje para la revista, fue un texto duro, sin concesiones, las andanzas del Diablo en la frontera. Uno de tantos desesperados que viajan al norte en busca de la vida. Era el principio de la historia. Llamé a Neto, tenía ya el texto; la eficacia de internet. Iba a ordenar el desayuno, a quedarme en el cuarto del Gran Hotel y celebrar la mañana antes de seguir rumbo a Los Ángeles, en la ruta del Diablo.

Subí al vocho y enfilé a la frontera, me topé con la acostumbrada fila de autos que esperaban cruzar. Cada vez era más lento y complicado. Los temores del enemigo invisible que desde siempre acecha a los gringos y su mala conciencia. Para colmo al llegar a la línea el agente aduanal, un chino con problemas de digestión a juzgar por su mal humor, sospechó que alguien con visa de periodista viajara en tan modesto automóvil alquilado. Esperé con paciencia la revisión del auto y de mi exiguo equipaje, el estuche de la computadora y mi inseparable maleta, que a lo largo de los viajes suelo atiborrar de documentos, recortes de periódico y libros. La costumbre de mantener un archivo de información que con frecuencia se convierte en altos montones de papel arrinconados en el cuarto de mi departamento que llamo estudio, donde escribo y paso la mayor parte de mi tiempo cuando estoy en casa.

Encendí la radio, cuando buscaba alguna estación del otro lado para escuchar el viejo rock que me apetecía como música de fondo para el viaje por carretera a Los Ángeles me topé de golpe con la realidad de cada día en la frontera. Además de un tiroteo entre la policía y un grupo de hombres pertrechados en una casa de seguridad, habían encontrado tres víctimas más de la imparable guerra del narco. Los habían decapitado.

¿Quiénes eran esos hombres, de dónde habían venido?, ¿habría alguien que los esperaba en alguna parte?

Estaba seguro de que esos homicidios, como otros miles en los últimos cinco años, jamás llegarían a ser esclarecidos. El Diablo había tenido suerte, no murió en Tijuana, ni terminó en la cárcel, tampoco desapareció en la frontera, había llegado a Los Ángeles.

Por aquello de la carretera, del viajar solo y sentirme extranjero, te recordé. La nostalgia de tu piel.

Preferí pensar en ti a adentrarme en la oscura galería de los crímenes y las ejecuciones del narco, a los entambados con una fuerte dosis de ácido y sosa cáustica opuse el recuerdo de la vez que nos fugamos a Puerto Vallarta a media semana y borrachos anduvimos por la playa de madrugada. A los asesinados por asfixia, estrangulados sin misericordia, los alejé invocando tus manos. A los colegas periodistas desaparecidos les dediqué uno de tus besos.

Para sobrevivir en la guerra, para hacer las veces de un corresponsal que lleva la cuenta de desgracias y muertos no hace falta valor, hace falta deseo y yo te deseaba en esa carretera rumbo a Los Ángeles, donde después de oír las negras noticias de la frontera cambié la estación para encontrarme con el maestro Carlos Santana y una rola que me confirmó que Dios existe cuando queremos y nos hace falta:

"Samba Pa ti".

Perdido en los interminables *free ways*, con esa sensación a cuestas a la que el recordado Rockdrigo González le puso música y convirtió en la rola "Como perro en el Periférico", vagué por kilómetros y kilómetros de asfalto hasta que me harté y tomé la primera salida.

Avancé por una ancha avenida, seguí mi intuición y doblé a la izquierda para tratar de llegar al centro de Los Ángeles, debí haber avanzado poco más de un kilómetro cuando me topé con la tierra prometida: un modesto Holiday Inn, un hotel práctico y barato, con estacionamiento, a buen precio y con el café y el cereal de la mañana incluidos.

Me dieron una habitación con vista al *free way*, el paisaje de la extendida urbe angelina, la ciudad de las mil ciudades, donde los nuestros han llevado a cabo una silenciosa invasión; donde el viejo Tri de Lora todavía se venera; donde los partidos de la Selección Nacional son un rito que confirma la identidad con los goles que se venden como espejos y relumbrantes piedras de colores.

Todas las habitaciones de hotel son iguales, algunas prácticas y sobrias, otras con el engañoso lujo de lo hecho en serie. Soy experto en sus olores, los desodorantes de perfumados aromas que ocultan el tránsito de seres humanos por sus cuatro paredes. Me gustan las habitaciones donde presiento se han vivido escenas de lujuriosos amores, lugares de encuentro de amantes furtivos, donde adivino el rescoldo del amor encendido bajo las sábanas que espero alguien haya cambiado antes de mi solitaria visita.

Más allá de lo indispensable, lo único que pido en las recepciones de los hoteles es un cuarto con ventana a la calle, entre más alto mejor. Tengo la manía de correr por completo las cortinas y colocar mesas, sillas y todo lo que se puede frente a los ventanales hoteleros para trabajar con la ilusión de un horizonte abierto al paisaje del lugar donde me encuentro.

Había hecho cuatro horas de camino, poco más de tres de carretera y el resto extraviado en senderos de asfalto con altos puentes y una interminable profusión de automóviles. La marea de lámina que no cesa y hace de esta ciudad una de las más contaminadas del mundo a pesar de los árboles, las zonas verdes y demás buenas intenciones.

Tenía hambre, ordené al *room service* una hamburguesa y cocacola. Comí despacio con la televisión encendida, sin volumen, extraviado en un documental que presentaba a los extraños habitantes de las profundidades del mar. Seres que sobreviven en condiciones totalmente distintas a las de la superficie, con atributos y las más singulares apariencias. Terminé. Era hora de trabajar. Llevaba el diario del Diablo en la maleta, bajo un par de pantalones de mezclilla y tres camisas, envuelto en la misma bolsa de plástico en que lo había encontrado en San Jerónimo.

El negro color de los negros impone miedo. Los negros de la calle. Los negros vinieron de África para morir aquí, para andar siempre fuera de lugar, ajenos y furiosos. Negros locos, abandonados en el camino a ninguna parte. Los negros y su extraña lengua, el inglés de los disparates y las pesadillas. Negros con el corazón negro. En la calle de todos, los negros eran los más gandallas. Ruines, degenerados, viciosos. Los negros podían matarte por el pedazo de cartón donde dormías. Te descuartizaban por la cobija. Te machacaban la cabeza si te atrevías a robarles una dosis de droga. De entre todos los negros el más negro y el más malo era un loco. The Monster. Del Monstruo decían que había combatido en Vietnam. Era enorme, cerca de dos metros de altura, de nervios tensados, largas piernas y larguísimos brazos. Ojos saltones y descomunal fuerza. El Monstruo ex boxeador, ex luchador, peregrino de la calle. No dormía, rondaba por ahí como alma en pena. Cuando se ponía loco, pues se le aparecían los fantasmas venidos de quién sabe qué horrores, se iba en contra de quien tuviera la desgracia de cruzarse en su camino. Prefería golpear a los prietos, como los llamaba, los hijos del frijol, como nos decían los de la calle. Era una máquina brutal, sólida y eficaz para el combate. Lo vi destrozar a tres infelices que trataron de enfrentarlo. El Monstruo estaba enardecido, lo disfrutó. Como la cruel bestia que era, se cebó con sus oponentes ya vencidos. Sangraba, un navajazo en el potente y flexible brazo del guerrero de los *homelands*. Yo lo miraba todo, oculto tras de un auto que llevaba "parqueado" ahí semanas, ahí dormía. Los tres hombres, tres paisanos, que le salieron al Monstruo del callejón con ánimo de venganza habían quedado por ahí tumbados de mala manera, con las heridas de la batalla, sangrantes. Por lo menos uno de ellos estaba al borde de la muerte. El castigo había sido brutal. Estaba aterrado dentro del auto, esperaba que en cualquier momento el gigante volteara el rostro y me descubriera. Otra presa, más dolor para mitigar los dolores que le acometían, los que ni el crack remediaba, chance y sólo la sangre derramada. Miré al Monstruo buscar algo, era corto de vista, palpaba el piso con desesperación. Por fin encontró la navaja con la que le cortó a una de sus víctimas un trozo de oreja que devoró. Fue entonces que supe que alguien tenía que hacerlo y yo lo hice. Sabía cómo conseguir armas, en la calle siempre sobran y son baratas. La pistola me la vendió otro negro. El Monstruo tenía que morir. Negro, rabioso, loco. Un caníbal al que le gustaba la carne morena como la mía. Me iba a trabajar a la obra, o a donde se podía por la mañana y luego regresaba a dormir a la calle, envuelto en sucias cobijas, oculto en ese auto aparcado, que cualquier día se iban a llevar. Siempre tenía conmigo la pistola, pequeña y reluciente, un amuleto que mataba el miedo. Siempre la tenía cargada. Vi al Monstruo varias veces, siempre tranquilo, cuando parecía un viejo sereno al que la vida había tratado mal. Andaba por ahí, con su carrito de súper lleno de las porquerías que encontraba, el tesoro de desperdicios por el que me constaba era capaz de matar. Lo pude hacer muchas veces antes, pero más que no atreverme me sentía bien vigilándolo, cerca suyo para terminar con él cuando me lo propusiera. Fueron semanas de acecho, lo vi atacar otras veces, golpear hasta el hartazgo, satisfacer su personal venganza contra el mundo. Nunca lo volví a ver devorar algún magullado trozo de carne. Sus víctimas favoritas éramos nosotros, los paisanos, por eso lo maté.

Tuve suerte, más allá de lo que la chica pelirroja de la recepción dibujó para mí en un papel cualquiera, encontré el camino en el laberinto de los *free ways* y llegué por fin al centro de la ciudad. Empezaba a cobrarle cariño al vocho negro, el último de esa especie en la arrendadora de autos. Había sintonizado la estación de radio justa para el viaje de esa noche, el blues en estado natural, música de almas en pena originaria del delta del Mississippi. Un solo de armónica y luego la ronca voz de un negro hermano de soledades. El solo de guitarra, esa airada narración sin texto de placeres y dolores. Blues y más blues.

Llegué al centro de la ciudad de Los Ángeles, a las calles donde moran los exiliados, los pobres, los locos, los *otros*, los despreciados en el país de las doradas oportunidades. Donde el sueño americano se torna en la cruda realidad de la supervivencia. Donde muchas sombras vagan sin encontrar un sitio donde echarse a dormir un rato en la fría madrugada. Hay quienes se envuelven en cartones, periódicos y cobijas para dormir. Solitarios gusanos. Pero la realidad impone sus reglas: nunca nacerá de ellos una mariposa.

Aunque siempre hay excepciones a las reglas de la realidad, me digo mientras escucho otro blues. Un blues callejero, dedicado a los solitarios del camino a ninguna parte.

Hasta en la calle de los jodidos hay diferencias, algunos privilegiados gozan de casas de campaña y las comodidades del equipo conseguido para emprender una larga expedición callejera.

Amores, odios, encuentros, rupturas, agonías, esperanzas, verdades, mentiras, sueños, pesadillas, juegos, flores, idas, regresos, enfermedades, muerte, salvaciones... todo pasa en la calle y todo queda en la calle.

Era absurdo bajar de mi vocho. Para qué tomar el riesgo de dar unos pasos en ese territorio vedado a quien tiene por costumbre tener lleno el estómago y por la noche dormir en una cama. Era inútil preguntarle a cualquiera de quienes deambulaban por ahí si recordaba al Monstruo, un negro enorme, ex boxeador, ex luchador. Odiaba a los mexicanos y dicen que lo mataron aquí mismo. Para qué preguntarles si alguna vez habían visto al Diablo.

El gordo Mike tiene una página en internet donde libra su personal batalla contra las pandillas. Un policía en el retiro formal decidido a librar una guerra personal en contra del crimen. El Llanero Solitario tiene nombre y se quitó el antifaz: Mike López. Lleva barba de candado y lentes de profesor universitario, anda por los sesenta años. Después de resultar herido de gravedad en un tiroteo callejero fue jubilado por la policía de Los Ángeles.

En la página del Gordo Mike, como le gusta que lo llamen, hay información demoledora. Podría pensarse que los datos que ofrece son como esos modernos rumores lanzados a la red con los más diversos propósitos. Mike López, ex policía de Los Ángeles, posee información sobre cómo las organizaciones del narcotráfico internacional han reclutado gatilleros en las pandillas desde la década de los años ochenta del siglo pasado. Las razones de esa cruzada suya, la que presenta en las rutas de internet con una fotografía de su placa de policía y la leyenda "Guerra a las mafias", es personal. El Gordo Mike, como le gusta que lo llamen, quedó confinado a una silla de ruedas después de que un pandillero le disparó por la espalda.

Tenía mis dudas sobre Mike. Un tipo que quizás ha visto demasiadas películas y se ha inventado un personaje para llevar lo mejor posible su parálisis, si ésta es real. Hay además, una fuerte dosis de show cibernético en su página web, con mapas, rutas diagramas, fotos y videos.

El Gordo podría ser alguien desesperado por contar lo que sabe o un mitómano como muchos de esos quienes sienten un extraño placer por involucrarse en truculentas historias, por hacerlas suyas para darle a su gris vida algo de emoción. Lo peor que podía pasar es que Mike López no existiera, que su página de internet sirviera para lanzar información falsa o distorsionada con el propósito de sembrar desconcierto en las autoridades y las bandas rivales. Los mecanismos usados por los aparatos de inteligencia de las trasnacionales del narco de seguro dan para eso.

Tenía una cita pactada con el Gordo Mike. Esa mañana marqué el número de teléfono incluido en su página de internet y para mi sorpresa no respondió una contestadora, tampoco la previsible voz informando que marcaba un número inexistente. La voz del otro lado de la línea era amable, pausada. Correspondía a la imagen del Gordo, con su barba de candado y sus lentes de profesor universitario. Le dije que venía de la ciudad de México, que tenía poco tiempo. López parecía ansioso de hablar con cualquiera, sobre todo si era un periodista con el propósito de hacer un reportaje sobre las pandillas de los Ángeles.

Tomé mi tiempo para llegar al Panktree, un restaurante conocido por sus generosos desayunos. Un lugar fundado hace más de treinta años en el centro de la ciudad. Desde que el restaurante abrió sus puertas jamás las ha cerrado, veinticuatro horas los trescientos sesenta y cinco días del año. La vieja cafetería, con barra y mesas, un local con un mobiliario que remite lo mismo a los años cincuenta y los rebeldes de entonces, que a centenares de escenarios de cafeterías usados en el cine y la televisión.

Encontré una mesa apropiada, con vista a la puerta de entrada, de fácil acceso para el hombre que esperaba llegara en silla de ruedas. Pasaban de las once de la mañana y al lugar empezaban a llegar empleados de pulcra apariencia, trabajadores de la remodelación del edificio de enfrente, jubilados sin más que hacer que tomar el metro para ir tras de las especialidades de la casa, los hot cakes, los huevos estrellados con tocino, las chuletas de cordero.

El Gordo Mike entró acompañado de una muchacha que empujaba su silla y a la que presentó como su asistente Sandy. Era más joven de lo que pensaba y había bajado de peso. En lugar de los lentes de profesor usaba gafas oscuras, lo que aunado a su barba de candado le daba la imagen de un jazzista dispuesto a entrar en escena y demostrar lo que podía hacer con su saxofón. No parecía un ex policía y tampoco un mentiroso profesional. Sobre las piernas llevaba dos portafolios con la información que estaba dispuesto a compartir conmigo.

Me puse de pie y lo llamé, nos saludamos como si fuéramos dos viejos amigos. Mike López hablaba el español que le habían enseñado sus padres, venidos de Zapoqui, un pueblo de Zacatecas.

—Si me permites te voy a enseñar algunos papeles. Son de revistas y periódicos en los que me han entrevistado –me dijo, mientras la muchacha, de veintitantos años y de aspecto hispano, le daba a López la carpeta que había sacado de uno de los portafolios.

Ahí estaba el hombre en artículos de prensa, con fotografías suyas bajo encabezados que decían cosas como: "Pandillas: invasión en los barrios", "Ex policía habla de la guerra en la calle", "La mafia mexicana amenaza", "Las drogas el negocio más grande"...

Mike López me enseñó una fotografía donde había compartido el foro con el alcalde de Los Ángeles. Era una conferencia dictada en una escuela cerca de la calle de Florence, en Lennox, lugar donde desde hacía años las pandillas se disputaban el territorio para la venta de drogas.

En la mesa de enfrente un par de mujeres jubiladas miraban a López, quien hablaba demasiado alto, acompañando lo que decía con movimientos enérgicos y teatrales. Estaba fuera de lugar, sentado frente a un par de gigantescos hot cakes con tocino, le hacía falta público. Lejos de molestarme el exhibicionismo del ex policía compartí su necesidad de decirle al mundo que seguía en la guerra, un herido que se resistía a causar baja; después de todo en este país los héroes siempre usan pistola y vencen a los malos, viejos vaqueros invencibles y apuestos, de sombrero blanco, dispuestos a seguir su largo camino luego de salvar al pueblo de los malos y haber besado a una rubia.

López tenía preparada su exposición, el mismo show que imaginé había montado muchas veces frente a distintos públicos. El último de sus recortes de periódico lo llevaba metido en una carpeta de plástico transparente. Se trataba de una pequeña nota de periódico, unos cuantos párrafos donde se narraba el tiroteo en el que el sargento Mike López de la policía de Los Ángeles había resultado herido.

—Fue una emboscada, me traicionaron…

El español de López tenía ecos de la vieja lengua hablada por sus padres, inmigrantes venidos del sur y sus penurias.

Un viejo informante convertido en una piltrafa e inmolado por las adicciones tomó el teléfono. Llamó al veterano policía. Le dijo: "tengo algo importante, muy importante". Se encontraron en el viejo callejón de siempre. Era una venta fuerte. El negocio se iba a hacer en el cuarto del Hotel Mary's. La coca venía de Colombia.

Mike evitaba ir de solitario pistolero en busca de justicia; después de los cuarenta, con la necesidad de pagar una pensión de divorcio y la universidad del mayor de sus hijos, ya no estaba para representar a héroes de película, así que siguió el procedimiento burocrático. Fue inútil, la bala que le tenían preparada esa noche lo esperaba.

López bajó del auto, traía puesto un chaleco antibalas, llevaba un rifle de asalto listo para disparar. Trató de alejar el miedo y los malos presentimientos que lo acechaban dándole un discreto beso a la pequeña estampa con la imagen del Sagrado Corazón que trae siempre en su cartera. Su madre le dio esa estampa muchos años antes, cuando jugaba futbol americano en *high school*; Mike López era un potente *line baker* de los tigres de Rampart.

El ex policía confiaba en que fuera una operación de rutina, en que todo siguiera el curso de un procedimiento bajo control. Era un arresto, sólo un arresto más. Contaba con el apoyo de diez hombres. Gente de narcóticos y del área de combate a las pandillas.

Los policías se desplegaron para entrar al Hotel Mary's. López tomó su lugar. El viejo Sami, ese negro de indefinible edad, un viejo de treinta años, dijo con ese tono de voz suyo, tan apagado como la voz de un muerto, que la habitación donde se iban a reunir los narcos estaba en el primer piso.

Entraron imponiendo miedo, gritaban policía, policía. Subieron por las escaleras, al llegar al primer piso del hotel se apagó la luz. Empezó el tiroteo.

Cuando recibes un tiro por la espalda sufres de verdad. Ese dolor ardiente te avisa que alguien tenía para ti un mensaje.

Detuvieron a un par de tipos a quienes no pudieron formularles cargos por disparar armas de fuego. El elegante abogado que los acompañó a la corte no tardó mucho en liberarlos, una fianza y la promesa de un juicio pospuesto por falta de elementos para que el par de tipos fuera juzgado por tenencia y tráfico de drogas.

El viejo Sami desapareció.

A López le gustaba decir que se había ido al infierno, de donde terminaron echándolo por feo.

Las mujeres de la mesa de al lado, tal vez un par de oficinistas jubiladas, fingieron no escuchar la historia del tiroteo, buscaron refugio en los huevos estrellados y un generoso plato de estofado. Como cada semana, almorzaban en el restaurante. El lugar estaba cargado de nostalgia, el Panktree no cierra sus puertas desde el día en que fue inaugurado, allá por la década de 1950.

—Fue una traición –dijo López. Sólo tres palabras. Una dosis de amargura, resentimiento, coraje, resignación y ganas de seguir en la pelea—. Por eso decidí ir por la libre, por eso investigo y denuncio. Mucha gente, algunos compañeros, algunos amigos, mi hermano Pedro, me dicen que me van a matar, pero ¿sabes por qué no temo a la muerte?

Mike López se acercó a mí, me miró con la frialdad del par de ojos azules que ocultaba tras los lentes oscuros que se quitó en un movimiento teatral. El viejo policía debió de haber sido temible en los interrogatorios. Al lado suyo, su asistente aguardaba en silencio, una chica dulce que parecía fuera de lugar. No pude evitarlo y recordé la chocante imagen del mago a punto de hacer su mejor truco bajo los reflectores y usa la bella presencia de la mujer que está a su lado en el escenario para distraer al público mientras el truco se consuma.

—Pero, ¿sabes por qué no temo a la muerte? –insistió.

Me topé de nuevo con su gélida mirada azul. Luego vino un agresivo movimiento de su mano para alcanzar la mía y ponérmela encima como si fuera una zarpa. Más allá de las representaciones, del show montado, de los discursos en los eventos públicos y las entrevistas de prensa, de la fama y la remuneración de todo tipo que Mike López encontraba en este país donde todos aspiran a ser una estrella, a los treinta segundos de fama adiviné el dolor y la sinceridad del ex policía...

—Porque morí en ese tiroteo –dijo.

López lo tenía todo, la ayudante de mago fue sacando del par de portafolios que llevaba diagramas con nombres y fotos de los narcos mexicanos. Eran los más conocidos, los Arellano Félix, gente del cártel de Sinaloa. López me reservaba una sorpresa, en una de esas hojas con vistosos diagramas estaban encerrados en círculos de colores rojos y azules los nombres de las pandillas del otro lado de la frontera, todas ligadas de una forma o de otra a la Mafia Mexicana. Las pandillas que trabajaban para los narcos, sus socios.

—Es una poderosa organización criminal –explicó López con tono didáctico– ligada desde hace años a los cárteles mexicanos de la droga. Pandilleros de San Diego y Los Ángeles formaron los primeros grupos de sicarios de los Arellano Félix. Los entrenaron profesionales, eran parte de su grupo de protección, también los usaban para ejecutar a sus enemigos.

—Quiero contarte una historia –le dije a López, tal vez contagiado por su histrionismo. A la mesa de enfrente habían llegado un par de rubias como las que en ocasiones aparecen por la calle en las ciudades de

Estados Unidos. Mujeres que parecen modelos de pasarela, poseedoras de una belleza irreal y plástica. Una belleza inalcanzable para los mortales deslumbrados con los atributos de rostros perfectos y estilizados cuerpos. En las calles y plazas del centro de la ciudad de Los Ángeles de vez en cuando aparecen ángeles como ésos, ataviados a la moda, a quienes los cosméticos de todo tipo han dotado de su magia.

—Era un muchacho, sólo un muchacho... de acuerdo con el informe del forense tenía entre veinte y veinticinco años cuando murió. Fue un asesino múltiple. En un pueblo de Guerrero, mató en una noche a doce personas. La primera víctima fue su propio hermano. En San Jerónimo lo conocían como el Diablo. Vendía droga al menudeo, un *dealer* de pueblo.

Le conté a López que, como miles de mexicanos, René Arias viajó al norte y cruzó la frontera. Había venido a buscarlo, a seguir sus pasos. El rastro del Diablo.

López sonrió, la sonrisa apenas y cambió la dura expresión de su rostro. Era una sonrisa de complicidad, sabía muy bien lo que se vive cuando se trae a cuestas una obsesión. Para el ex policía el periodista que estaba frente a él buscaba algo más que una nota para la revista donde decía trabajar, era uno de los suyos, de esos desesperados a quienes el miedo lleva a ir tras de delincuentes que se han convertido en enemigos personales o, lo que es peor, la otra cara de la moneda que resume su propia existencia.

Llevaba un par de semanas metido en esa historia, había leído una y otra vez el diario del Diablo. Convencí a la gente de *Semana* de la historia que quería contar, de lo que podría revelar si viajaba a Tijuana y a Los Ángeles. De algún modo López tenía razón.

—¿Para esos inmigrantes venidos del otro lado, esos jóvenes que llegan aquí sin nada, dispuestos a trabajar, a ganar en dólares y cambiar el rumbo de su vida hay lugar en las pandillas?

—De sobra, son la mejor carne de cañón. Son desechables, nadie se preocupa por ellos. De gente como ésa tuve algunos expedientes. Muertos, en la cárcel. Los viejos pandilleros los usan para todo.

—¿Sicarios?... ¿burreros?

—Sí, desde luego, carne de cañón –dijo López.

Las rubias de la mesa de al lado no entendían español. Su vida transcurría en otro mundo, en otra galaxia, aunque en ocasiones a ese planeta suyo llegaban visitantes extraños, dispuestos a echar a perder de la peor manera sus vidas de revista a todo color y con todas las comodidades disponibles pagadas con tarjeta de crédito, pero eso sucedía rara vez, lejos de sus vidas y sus fiestas aceitadas con sustancias venidas de lejos, elíxires de la risa y el placer, puertas abiertas para la compañía. Allá lejos, muy lejos, en otro planeta, en otra galaxia, las pandillas vendían esos elíxires en las calles de los barrios de pobres de Los Ángeles.

Terminamos de desayunar, Sandy, la asistente de López, guardó las carpetas, las hojas con diagramas y los recortes de periódico que estaban sobre la mesa. Había estudiado sociología en Berkeley. Me enteré de que trabajaba con López porque su tesis de grado era sobre las pandillas. Apenas hablaba español, pertenecía a la tercera o cuarta generación de inmigrantes, México era el país de sus abuelos, un lugar cercado por la pobreza y la violencia.

Sandy buscó en la vieja agenda de Mike López el número telefónico de Douglas Pearson, otro veterano de la policía. Pearson, me dijo López, trabajaba con las pandillas, era el encargado de las investigaciones de los crímenes de odio. Por esas fechas la cuenta de las muertes de la guerra librada por las pandillas en lugares como el barrio de la Florence sumaba más de treinta.

—Y siguen sumándose muertos y atentados –dijo López–. Llama al viejo Doug de mi parte, te puede hablar de esa guerra, de los pobres diablos, como el tuyo, que han muerto en la calle.

Marqué el teléfono de Pearson en cuanto pude, había regresado al hotel con el propósito de hacer tiempo. Un par de horas más tarde me iba a encontrar con un verdadero personaje de la incipiente cultura de los latinos en Los Ángeles, el locutor que había logrado transformar viejas estructuras de la radio, un hispano dispuesto a hablarle a la raza. Ramón Méndez encontró una fórmula que sigue siendo vigente: el humor y la irreverencia.

Pearson me citó en una pequeña plaza, en la Figueroa street, muy cerca del centro de la ciudad. Preferí pedir un taxi, no quería abusar de mi suerte, había ido y venido a mi hotel sin problemas, nada de naufragios en los *free ways*, de horas perdidas tratando de encontrar la salida correcta, ni de la desesperación de enfrentar un plano cuyas coordenadas no comprendo.

Llegué a la cita con tiempo, compré un café y abrí *La Opinión* del día. Ahí estaban, como siempre, las noticias de los mexicanos del otro lado: las dificultades para encontrar un trabajo en la crisis; las malas noticias del frente de guerra donde los nuestros siempre son derrotados, la certeza de que el componente demográfico de Estados Unidos ha cambiado y de que muy pronto los latinos serán la primera minoría en ese país; su creciente fuerza económica y política en la ciudad a la que alguna vez escuché a un anglo llamar *Lost Ángeles*.

Douglas Pearson llegó a la mesa donde un periodista mexicano de lentes, de camisa de mezclilla, con el diario *La Opinión* abierto, lo esperaba.

El apretón de manos del policía fue enérgico, era un tipo convencido de los beneficios del ejercicio, quien se mantenía en forma, fuerte a sus cincuenta años. Llevaba un saco de discretos cuadros grises, pantalón negro y una sobria corbata. Su apariencia era la de un gerente de banco, tal vez la del ejecutivo de alguna empresa. No pude imaginarlo en las calles de los barrios del este de Los Ángeles investigando un crimen.

Pearson puso las cosas en claro, había aceptado hablar conmigo porque su amigo Mike López se lo pidió.

—Lo que tenemos ahora es una guerra de los cafés contra los negros –dijo, sin importarle demasiado cualquier consideración racista. Se trataba sólo de una pragmática descripción–. Por muchos años ellos convivieron sin problemas, se repartieron los negocios, la venta de protección, los asaltos, el comercio de la droga, pero todos los arreglos se vinieron abajo cuando los negros de la King robaron la droga de los mexicanos de la calle Florence. Entonces empezaron a caer los muertos. Tenemos más de treinta en lo que va del año.

Douglas Pearson, teniente de la policía de Los Ángeles, encargado de las investigaciones de los crímenes de odio, venía preparado para ofrecerle al periodista mexicano un detallado informe con la versión oficial de lo que ocurría. Había impreso los datos de los crímenes y me entregó un DVD con el reportaje realizado por CNN sobre la guerra de las pandillas en Los Ángeles.

—Se lo agradezco, teniente, ésta es una muy buena historia para mi revista, pero estoy preparando un reportaje sobre un asesino múltiple. Mató a doce personas en una noche, sé que vivió en Los Ángeles y se involucró con las pandillas. Me impresionó que ese asesino manejara tan bien las armas. Usó un rifle R-15.

—Bueno, es posible que aquí lo hayan entrenado –Pearson buscaba las palabras exactas, tuve la impresión de que trataba de ayudarme, de hecho lo hacía, pero no estaba dispuesto a ir más allá de los lineamientos establecidos por la policía de Los Ángeles a sus oficiales para hablar con los periodistas–. Las pandillas tienen acceso al más sofisticado armamento. Nosotros les hemos encontrado lanzagranadas y rifles como el que menciona, además de los famosos AK-47.

—¿Guardan relación, mantienen nexos con gente del otro lado de la frontera?

—Seguro, grupos de la delincuencia organizada son los proveedores de la droga que venden en las calles.

—¿Los cárteles mexicanos?

—También los colombianos.

—¿Cómo se da esa relación, las pandillas trabajan para ellos?

—Es mucho más complejo que eso, hay alianzas y pactos. Muchas veces las pandillas deciden a quién comprar la droga, por eso hay disputas, a veces eso causa la violencia.

Mis preguntas debían ser de lo más precisas, Doug Pearson no estaba ahí para especular conmigo sobre el destino del Diablo.

—¿Las pandillas se llegan a involucrar en el tráfico de drogas por el territorio de Estados Unidos?

—Tenemos documentados algunos casos, pero no es frecuente. Las propias organizaciones lo hacen.

Sabemos que la droga que ingresa por la región de Tijuana es transportada a distintos regiones del norte del país. Se ha documentado que puede llegar hasta Nueva York en automóvil.

—La historia de este crimen, de los asesinatos en un pueblo perdido en México, me trajo hasta aquí. El asesino, a quien llamaban el Diablo, se involucró aquí en Los Ángeles con las pandillas... pero sé que también fue reclutado por las organizaciones criminales que trabajan en el sur, los narcos mexicanos...

—Sabemos que eso ha ocurrido antes.

Douglas Pearson, teniente de la policía de Los Ángeles, bebió lo que le quedaba de café de un trago y antes de marcharse me pidió la dirección y el teléfono donde me hospedaba. Se despidió con otro de sus enérgicos apretones de manos.

Me quedaban apenas los dólares necesarios para un par de días más en la ciudad. Iba a pagar con mi tarjeta de crédito el hotel y la renta del vocho negro que me esperaba estacionado. Era una tarde soleada que invitaba a caminar sin preocupaciones, a vagar por las calles del centro de la ciudad sin rumbo. Tuve la idea de andar hasta la más cercana estación del metro, ir por la Figueroa street sin preocuparme del Diablo y sus acechanzas.

Fue inevitable, me ganó la nostalgia tuya. Esa sensación de pérdida con la que me levanto y me acuesto, la que mitigo con el ir y venir de mi oficio. Quise imaginar dónde estabas a esas horas, casi a la medianoche y del otro lado del océano, en Madrid, de donde me llegó aquella carta que te tomaste la molestia de escribir a mano, con letra de colegiala esmerada. Esa carta que me rebeló la realidad de que todavía existe el correo, los buzones, los timbres postales y los blancos sobres que guardan el tiempo atrapado en un papel escrito.

Me decías cualquier cosa, más bien nada, la carta de compromiso y saludos convencionales que jamás debiste escribir y que yo me arrepentí de leer. Cómo puede ser que el amor derive en la trivialidad de un informe burocrático de tu vida.

Tengo que reconocer que como me decías siempre fui incapaz de interpretar tus silencios. De entender lo que decías sin decirme nada. De cualquier manera había mucho de ti en esa carta llegada por el antiguo servicio de correo desde el otro lado del mar donde tú la escribiste para mí, el amante que perdiste en el camino.

Me topé de golpe con la realidad. Un reloj luminoso colocado a la entrada de un edificio de oficinas me hizo regresar de ese viaje con destino a tu recuerdo. Pasaban de las cinco de la tarde, apenas tenía tiempo de comer cualquier cosa, para variar una insípida hamburguesa y una cocacola, antes de llegar a la cita con Ramón Méndez, el locutor.

Esperé unos minutos en la recepción del edificio de la cadena de televisión. Me habían dado un pegoste rosa que me tuve que poner en la solapa del saco gris que llevaba puesto. Miré las fotos de las estrellas de la cadena hispana, conductores de *talk shows*, protagonistas de telenovelas, cómicos y cantantes. El glamour de la televisión latina.

Seguí a la muchacha que llegó por mí, era inevitable mirar sus anchas caderas de mulata. Me fui tras el aroma que exhalaba, un dulce perfume que fui incapaz de identificar. La mujer tenía un tono de piel que me recordó el piloncillo, esa dulce y sólida masa en forma de cono, que de niño mordía en la casa de mi abuela.

Después de avanzar por un largo pasillo con más fotos de estrellas latinas, entramos a un estudio de televisión en el que todos se preparaban para el show. Había varias cámaras y las lámparas ya estaban encendidas. Al fondo había una serie de filas de butacas, ubicadas frente a un pequeño escenario. Un puñado de hombres se esmeraba en colocar la escenografía: una enorme pintura que recreaba la plaza de un idílico pueblo mexicano rodeado de cerros. Los cámaras revisaban su equipo y se hacían pruebas de audio con los micrófonos. Ramón había insistido en que fuera a la grabación de su programa, "Canta tu canción", un programa de aficionados. Me dijo que entre los concursantes había alguien que quería presentarme.

Le llamé por teléfono y le conté lo que había venido a hacer a Los Ángeles.

Lo entendió, y con ese humor suyo, un humor que abarca distintos tonos pero que se encuentra bien en el negro y sus profundidades, me dijo: "Entonces vienes a buscar al Diablo, a seguir su rastro en Los Ángeles".

Ramón Méndez, un personaje de la cultura hispana del otro lado y de los medios, un locutor de radio, un animador de shows de tele, un hombre querido por los paisanos, tenía algo para orientar mis pasos, para alimentar mi búsqueda, para seguir tras lo que el Diablo había escrito en el diario que descubrí escondido en su cuarto de San Jerónimo.

La puerta de su camerino estaba cerrada. Imaginé que el propio Méndez había pintado con lo que pudo una roja estrella de bordes negros sobre esa desabrida puerta blanca de madera. Amira, la mulata de piloncillo, llamó con un par de discretos golpes.

—Un segundo por favor –dijo Méndez, a quien la naturaleza, Dios, tal vez el inevitable azar de la genética, había dotado de una voz de viejo locutor, elegante, con el grave timbre de un barítono.

Apareció Méndez y su sonrisa de profesional, esa máscara que él mismo construyó a través del tiempo pasado frente a las cámaras. Esa máscara en la que una maquillista trabaja tiempo antes de que empiece la grabación. El locutor se levantó de la silla y me dio un abrazo. Nos habíamos conocido en su tierra, una ranchería cercana a Tlaltenango, cuando fuertes lluvias inundaron esa región de Zacatecas. Ramón Méndez reunió un millón de dólares entre sus radioescuchas para los damnificados y fue a entregar el dinero a los que habían perdido su casa y sus muebles, a los deudos de quienes habían desaparecido en ese par de noches de tormenta. Yo estaba ahí con el propósito de armar una crónica para la revista.

—Ya debe de andar por aquí Pancho, el muchacho del que te hablé. Amira, esta belleza venida de República Dominicana, te va a llevar con él. Pancho es una de las estrellas de esta noche, canta muy bien. Es finalista, pero todavía tiene tiempo de platicar contigo.

Si tienes oportunidad te invito a comer uno de estos días, tú ya sabes mi número, llámame.

Fue todo, Méndez siguió en lo suyo, la impostergable tarea de darle mantenimiento a su máscara. El tipo me gustaba, cada vez que iba a Los Ángeles escuchaba su programa de radio. Con su buen humor, su irreverencia y las locuras que se atrevía a hacer frente al micrófono, el "Show de los lunáticos" había servido para alegrarle la vida a la raza en las madrugadas, cuando a oscuras se levantan aquellos que tienen que salir muy temprano. Un poco de música, algunos chistes y una amable voz en la radio, encendida para mitigar la nostalgia de los que se sienten lejos de su tierra a esas horas en que la noche parece haber decidido no marcharse y el sol del nuevo día se hace del rogar antes de salir del todo.

Amira caminó de prisa por el estudio, la seguí hasta llegar a otro camerino, el camerino donde se preparaban los invitados del programa. Frente a un espejo un par de mujeres ataviadas con estilizadas faldas y blusas de estilo mexicano se trenzaban el largo pelo negro. Amira me dijo que eran las hermanas Jiménez. Estaba también un hombre mayor de chamarra de cuero y sombrero norteño que estaba seguro iba a interpretar alguna canción de Lorenzo de Monteclaro, para ser exactos aquello de "Me caí de la nube en que andaba...". Amira preguntó por Pancho y nadie le respondió.

Pancho, y su imponente traje de charro blanco de doradas botonaduras, se encontraba en un rincón, apartado. Miraba el ajetreo del estudio a unas horas de que empezara el show. Tuve la impresión de que se sentía ajeno al lugar, de que estaba harto, de que justo antes de que lo descubriéramos trataría de encontrar la fuerza necesaria para buscar la salida y no volver más.

Pero Amira lograba salvar a cualquiera de un mal trance. Bastaba con que dijera tu nombre, con que se acercara y dejara sentir su presencia, bastaba con que ese olor a dulce y caro perfume penetrara en quién sabe qué remoto lugar de la conciencia para sonreír. Debí tener la misma sonrisa boba del charro blanco cuando ella me abordó en la recepción del edificio antes de llevarme con Méndez.

—Ramón me dijo que trajera a este señor contigo, es periodista. Te quiere conocer. Me voy, los dejo platicar. No te olvides de que tienes que estar listo, ya vamos a empezar a grabar.

Y Amira se fue, nos dejó solos en ese oscuro rincón del estudio. Fui directo, no quería que el charro blanco imaginara que venía de alguna revista de espectáculos o algo parecido.

—Preparo un reportaje sobre pandillas, me interesa conocer su realidad –dije, con el propósito de ubicar al muchacho, que imaginé en el barrio, uno de tantos de quienes se han topado más de alguna vez con las pandillas.

—Pues llegó al lugar indicado –sonrió al decir–. Aquí donde me ve fui de los más duros. Era muy cabrón. Debo varias vidas, pero hace rato que lo dejé...

Pensé que era una broma, el charro blanco un ex pandillero.

Debió haber notado mi desconfianza, la expresión de incredulidad. De manera involuntaria había mirado el letrero rojo de "Exit".

—Me dijo el señor Méndez quién era y a lo que había venido. Por eso lo esperaba aquí, no quería platicar con usted en el camerino. Mire, para que tome confianza le voy a decir cuál era mi apodo, cómo me conocían ellos, los de mi "clica" me decían el Diablo.

Prendieron más lámparas, la gente empezó a entrar al estudio acondicionado como pequeño auditorio. Los camarógrafos seguían en lo suyo y un mariachi apareció con sus instrumentos. Empezaban a afinar, a poner a tono la guitarra, el guitarrón, a hacer sonar sus trompetas. Todo parecía irreal, las lámparas encendidas ayudaban a hacer evidente que se trataba de un engaño, al lado del escenario y la plaza pintada había un montón de equipo sin usar y muebles dispuestos para cuando el estudio se convirtiera en la casa de algunos de los protagonistas de la telenovela que de seguro también ahí se grababa.

Nos quedamos en silencio por unos instantes. Me topé con otro Diablo. Luego de la sorpresa le conté lo de la noche de San Jerónimo.

—Llegan muchos como ese muchacho, le puedo decir que conocí a varios en las calles del barrio. Están solos, sin nadie. A mí, aunque tengo familia, me pasó lo mismo. Los de la "clica" te dan la mano, te protegen, te dan un lugar, eres alguien y ya está, haces lo que sea por ellos.

—Quiero saber algo, ¿los entrenan?, ¿aprenden a usar armas?

Fui demasiado directo, el charro blanco me miró con desconfianza. Antes de calarse su sombrero y caminar de regreso rumbo al camerino, me dijo:

—Hay cosas que no se pueden decir. Todavía vivo en el barrio, con mi familia. Lo que le dije de las vidas que debo es cierto. Me pasé guardado un rato en la cárcel de Los Ángeles, ahí me hice más cabrón. No pudieron deportarme porque nací de este lado. Nunca dejas a la "clica". Me dieron chance porque a mi hermano lo mataron. Mi jefa me ayudó…

Miré a Amira a lo lejos, bajo las brillantes luces del escenario donde los mariachis se preparaban para interpretar la primera canción del ensayo previo al show. Era demasiado joven, demasiado hermosa. Busqué la salida.

Regresé al hotel, abrí la puerta del cuarto para toparme con ese silencio que guardan los lugares como ése, aséptico y rutinario. Habían cerrado la cortina y limpiado todo con el sentido práctico de quien tiene que hacer lo mismo en veinte cuartos más. No se atrevieron a retirar de la ventana la mesa y la silla colocadas por mí con el propósito de hacer algo para darle vida a la monotonía de ese orden. Alguna vez me atreví a pegar con chinchetas en la pared fotografías de los personajes de la historia en la que me encontraba. Otra más, alguna foto de la que fue mi esposa, la estrella del periodismo de la tele, por entonces una reportera que supo hacer méritos en la fuente de presidencia. Pegué también fotos de mi hija Jimena. En ambos casos alarmados gerentes llamaron a la puerta de mi cuarto y me pidieron que retirara esas fotografías. Pagué la cuenta y me largué con mis señales de vida a lugares más baratos. Dejé de hacer eso por razones de seguridad, no necesitaba que nadie se enterara a lo que había ido a su ciudad y menos que identificaran a mis seres queridos.

Antes de ducharme ordené al *room service* pepitos y cocacola. No me atreví con las enchiladas de pollo al estilo mexicano ni con el caldo tlalpeño, después de todo estaba en un Holiday Inn con vista a un *free way*.

Había terminado de secarme, cuando todavía desnudo me enfrenté al radio-despertador colocado en el pequeño buró de mi cama. Logré sintonizar una estación dedicada al viejo rock de los años sesenta, me alegré de escuchar la voz de Jim Morrison con aquella rola de "People extranger". Un paisano vestido de mesero me llevó la cena. Diez dólares de propina, poco menos de lo que había pagado por mi desabrido pepito de carne dura. No me importó, tenía planeado irme de Los Ángeles al día siguiente, antes de las dos de la tarde, cuando era obligatorio hacer el *check out*.

Lo del Monstruo no me gustó. Me iba a ir de ahí, pero no tenía a dónde. Quería largarme lejos, más al norte.

Alguien me habló de Alaska. Ir allá, trabajar como pescador. La calle no era mi lugar. No me gustaba hablar con nadie, me quedaba aparte, retirado de los demás. Lo del Monstruo se supo. Tuve miedo, iban a venir por mí. Temía ir a la cárcel, las cárceles gringas que había visto en las películas con rejas por todas partes. Jamás imaginé que el Monstruo, aquel negro loco, tuviera a alguien en este mundo. Un muchacho preguntó por él. Le hablaron de su muerte. Alguien le dijo que le habían prendido fuego al cuerpo en el carro abandonado. Los negros de la calle le contaron al muchacho que el Monstruo odiaba a los mexicanos. Supo a quiénes había golpeado, los que le temían. Hizo más preguntas. No podía esperar a que se acercara. Fue fácil. El negro aquel tenía algo del Monstruo en ese rostro aterrorizado ante mi arma.

Fue entonces que se vino la pesadilla. El muchacho tenía muchos amigos. Lo vinieron a buscar. Había ardido en el mismo lugar que el Monstruo, en los restos del viejo carro abandonado. Un paisano festejó lo que había ocurrido, dijo "mandaste al infierno a dos negros" y rio. Estaba borracho. Ese mismo paisano fue quien les dijo a los negros dónde encontrarme. La venganza. Quería irme a Alaska. Los paisanos de la calle me desconocieron. La venganza. La muerte me buscaba. Le saqué la vuelta. No fue la primera vez.

Los conocía desde antes, esos vatos eran el conecte. Vendían de todo. Nunca había hablado con ellos, los miraba de lejos. Había dejado de meterme dulces y porquerías allá en Tijuana. El dolor por la morrita aquella. El arpón, ese calor que te hiela. Un hoyo en el pecho. Dejé a la muerte con ganas de darme un beso. Los vatos se acercaron. Uno de ellos, el más ruco, me dijo que querían ayudarme. El Monstruo ese merecía morirse. La ley de la calle. Les dije que me quería ir a Alaska. El más chavo fue quien me respondió que me iban a llevar a un mejor lugar.

Y el Diablo llegó al este de Los Ángeles.

No podía dormir, había sido un día muy largo, antes que resignarme a dar más vueltas en la cama, a seguir atrapado en el laberinto del insomnio, decidí levantarme y salir. Subí al vocho, tomé rumbo al *downtown,* avancé por un par de *free ways.* Subí, bajé, di vueltas y antes de que lo esperara estaba ya en Boyle Hights, viejo barrio judío tomado por mexicanos en el corazón del este de Los Ángeles.

No me importó saber la hora, era de madrugada. Hacía calor y antes de bajar del auto seguí por las solitarias calles. Todo parecía tranquilo. Nada de que alarmarse. Si se miraba con cuidado podía encontrarse el conecte, los vendedores de droga apostados en las esquinas, escondidos en viejos autos. La zona estaba bajo su control.

Dejé el vocho y empecé a caminar, era como invocar al Diablo y lo sabía. Tras de la tranquilidad de ese barrio de trabajadores se ocultaba la presencia de las pandillas. El territorio estaba fragmentado, esos sobrevivientes de la hecatombe llamada realidad, de la supervivencia, andaban por ahí al acecho. Los graffitis en las paredes de los negocios, sus intensos colores y sus letras gigantes y desgarradas. La pintura rupestre de los hombres de las cuevas urbanas, de esos guerreros del asfalto que salen a cazar víctimas como yo, el hombre que camina solo por sus dominios.

He venido porque leí el diario del Diablo, donde escuché la voz de un muchacho que vino al norte y regresó cargado de muerte. Sé que anduvo por aquí, por estas calles, que como el tipo de la esquina vendió droga a los autos que se detienen y aguardan por su dosis. Fue de los vigías. Siempre alerta en la jungla. Como ese chavo, estuvo listo para avisar si algo andaba mal, si la policía tenía la mala idea de cambiar sus rutinas y el acostumbrado rondín de la patrulla se hacía en un momento inconveniente.

Camino despacio, tranquilo, sé lo que puede pasar. Un asalto. Un tiroteo. Mi última noche puede estar a la vuelta de la esquina. Como lo hizo el Diablo tomo el riesgo y sigo de frente. Fue de los que se aparecieron en los negocios y cobró protección. De los que incendiaron el pequeño súper o destruyeron el auto aparcado. La ley de los Hitters de Boyle Hights. Duros y matones. Los dueños del territorio. La pandilla de siempre en este lugar.

Le dieron el arma, un reluciente revólver, un souvenir de la muerte. Subieron al auto. Fueron por las calles. Bebían, fumaban mariguana. La alucinante música. La escena de una película vivida en carne propia. Las manos le sudaban. Se burlaron de que tuviera miedo, de que no hablara. Iban cuatro o cinco de los Hitters... los suyos. Los encontraron fuera de la casa donde vivían, una casa como cualquiera de las del barrio, como la de la acera de enfrente por la que pasó cerca.

La vida loca, dijo uno de los compas... estaba ahí, tranquilo, sin que le importara la amenaza. Iba a morirse. El viejo Spirit rojo con las defensas cromadas. Reluciente y chingón se detuvo. Los de Animal... el estruendo de las guitarras, la desgarrada voz del cantante, el retumbar de la batería y el bajo en el corazón. Las voces de los hermanos que dicen algo, las risas, el humo de la mariguana. Los disparos desde el auto. Corren, huyen. Uno de ellos cae. Es él. Sé lo que tengo que hacer. Bajo del Spirit y camino despacio, muy despacio, hasta donde el herido llora y grita de dolor. La sangre bulle del pecho y de una de las patas del Mosco, como le dicen. Me acerco con el juguete. La pistolita. Dos tiros más... los dos en la cabeza. Regreso al Spirit y agradezco el abrazo de los compas. Todo tranquilo. Un muerto en la calle. Nos vamos despacio. El Spirit rojo avanza por las calles del barrio, de nuestro barrio.

Regresé al hotel, sobre la mesa, a un lado de la charola en la que habían traído el pepito y la cocacola estaba el diario del Diablo. Me metí en la cama y traté de dormir.

Cuando vas de viaje pasan los días y la vida corre en un solo sentido y por todas partes te encuentras fragmentos de la historia que vas a contar, del reportaje armado con trozos de esa realidad que se aparece por todas partes, lo mismo irrumpe en los periódicos que lees antes de ir al encuentro con los entrevistados, que se cuela en la pantalla de la tele encendida para enterarte de cómo va el mundo que, por lo demás, en estos días gira en torno a ese futuro reportaje con el que comes y duermes, del que no te olvidas.

No fue la primera vez que lo tramado por los testimonios, por las impresiones vividas en los lugares donde transcurren los hechos, por los innumerables recortes de prensa con sus antecedentes y su devenir, y por los documentos leídos, termina por filtrarse en tus sueños, pero nunca había aparecido con la fuerza de escenas tan vívidas como para dejarte inmóvil en la cama, con el temor a quién sabe qué fantasmas.

Fue más que una pesadilla, las pesadillas no poseen el drama de lo real. En los peores de los malos sueños la vida se asoma disfrazada.

Habías despertado, el intenso tráfico del *free way*, el ir y venir de autos en esa larga sucesión de distintos sonidos de motor. Una sinfonía de los diarios afanes de la gente. Sentiste sed, mucha sed. Estabas cansado, recordaste la jornada de ayer, las entrevistas, la noche en el barrio. La lectura del cuaderno que quedó abierto en la mesa donde trabajaste hasta que la fatiga te venció. Querías dormir hasta tarde, tomarte con calma lo del regreso a Tijuana. Llamar a la revista y contarles lo de tus hallazgos, pero tienes que levantarte, ir a beber de urgencia el agua que mitigará esta sed. Tratas de volver a dormir, no estás del todo entre los vivos y despiertos. Dormir: quedarse en la cama, protegido de lo que pueda pasar, dueño del territorio de ese cuarto de hotel, a salvo en esa balsa donde sigues acostado, pero la sed, la intensa sed que llega a convertirse en un dolor físico. La sed. Esa terrible sed. Tienes que levantarte y beber y beber.

Una luz plomiza ilumina el cuarto, amanece. Caminas despacio, sólo unos cuantos pasos hasta llegar a la puerta del baño. Abrir y plantarse en el lavabo y beber a boca de llave. La fresca sensación del agua corre por tu garganta, el grato placer de esa frescura termina por despertarte. Saciaste la sed y te incorporas frente al espejo. Lo que miras te aterra, el reflejo, el mal sueño que no acaba. Eres el Diablo.

No lo soportas. Abres los ojos desesperado por terminar de golpe con esa visión que te trastorna. Estás en la cama, esa balsa en medio del cuarto de hotel, una balsa que te lleva al buen puerto de la vigilia. Estás aquí, escuchas los lejanos motores de los autos que van y vienen por el *free way*. Miras los números de brillante y eléctrico rojo en el radio-reloj de tu cuarto colocado en el buró. Más allá está la mesa ubicada frente a la ventana. Las cortinas están corridas y la luz plomiza del amanecer lo ilumina todo, la televisión, la lámpara de piso y el cuadro ese, una marina común y hasta vulgar, la mesa frente a la ventana donde el diario del Diablo permanece abierto.

Quisieras volver a dormir, abandonarte a la pereza, darte un tiempo de descanso en esta blanda cama. Te sientes tranquilo, los malos sueños no soportan la realidad que en ocasiones los hace palidecer. Mantienes los ojos cerrados y divagas en pensamientos efímeros. En el dulce recuerdo de un cuerpo amado... pero la sed y su urgencia, esa rasposa resequedad que lastima, te llaman. El calor del desierto de las películas en la garganta. La sed.

Tienes que levantarte. La luz plomiza del amanecer guía los pasos que das hasta la puerta del baño. Ni siquiera miras el par de vasos envueltos en higiénicas bolsas de plástico, te prendes a la llave y bebes.

Saciaste tu sed. Estás a punto de cerrar la llave y mirarte reflejado en el espejo. Recuerdas el mal sueño de ser el Diablo.

Escuchas que llaman a la puerta, un golpe fuerte y seco. Un solo golpe. Gritas que ya vas, sales del cuarto de baño y caminas hasta la puerta para encontrarte con que alguien ha arrojado bajo ella un sobre tamaño carta.

Antes de levantarlo te apresuras a abrir para encontrar el pasillo del hotel vacío. Llevas el sobre a la mesa que has convertido en escritorio.

Abrí el sobre con cuidado, se trataba de una colección de declaraciones judiciales de Fran Castillo en el juicio que se le siguió en México por delitos contra la salud y asociación delictuosa. Recordé el caso, Castillo había sido el encargado de la seguridad de los Arellano, su hombre de confianza, quien comandaba un grupo de sicarios dedicados a ejecutar a los rivales de la organización del cártel de Tijuana en el negocio.

A Castillo lo detuvieron en Rosarito, una operación en la que intervino el ejército. De acuerdo a versiones periodísticas se trató de un feroz combate en el que hubo bajas por ambos lados. Junto con Castillo, fueron capturados cinco hombres. Se decomisó un arsenal de armas, rifles AK-47 y R-15, lanzagranadas y una fuerte cantidad de dólares.

En sus declaraciones Castillo reconoció haber pertenecido a la organización de los Arellano Félix. Lo más interesante del expediente era la forma en que había reclutado a los hombres que trabajaron para el cártel de Tijuana. A Fran lo llamaban el Toro, confesó sus nexos con la Mafia Mexicana, la poderosa pandilla mexicana que extiende sus dominios por toda California.

Fue el 20 de julio de 1994 cuando Fran convocó a un grupo de veteranos de la pandilla a un hotel en Los Ángeles. Otro par de testimonios de quienes estuvieron presentes en esa reunión confirmó lo que sucedió en el cuarto 27 del Hotel Sands, de seguro un cuarto similar al del Holiday Inn, donde leía el expediente a las 6:35 de la mañana de ese día, como lo indicaban los luminosos números del radio-reloj colocado en el buró.

Había dinero, el pago semanal de doscientos dólares a quien quisiera trabajar para un hombre sólo mencionado como el Ingeniero. Se trataba de formar un "grupo de asalto", así decía el expediente. Había que residir en Tijuana.

A esos hombres reclutados por Fran Castillo se les imputaban una serie de veinte homicidios y varios secuestros. Eran el primer grupo paramilitar al servicio de un cártel del narcotráfico en México. Lo eran porque el Ingeniero, de acuerdo con las declaraciones de Castillo, los había entrenado en el manejo de armas. Les había dado lo que el pandillero consideraba "instrucción militar".

Lo declarado por Fran Castillo era conciso, nada de detalles. Se trataba del proceso que se le había seguido en México, parte del expediente del juicio de extradición por el que ya estaba siendo juzgado en Estados Unidos.

De acuerdo con la información obtenida por un agente del FBI, cuyo nombre aparecía cubierto por una gruesa línea negra de marcador, el entrenamiento de los sicarios se había llevado a cabo en Tijuana.

De forma escueta, en unas cuantas líneas, Fran Castillo hablaba de los homicidios perpetrados, reconocía haber intervenido sólo en un par de ellos. Él había dado el nombre de las víctimas a los sicarios, quienes habían ejecutado a un empresario restaurantero en Tijuana y a una mujer, que de acuerdo con sus propias palabras "le había pagado mal al jefe".

Reconocía haberse encargado de pasar cargamentos de cocaína por la frontera, una ruta por brechas cercanas a San Luis Río Colorado, Sonora.

Del Ingeniero decía que era extranjero, moreno y con acento francés. Alguien le dijo que era árabe.

El episodio de la captura de Fran Castillo tenía un par de antecedentes, de acuerdo con sus propias declaraciones, él mismo le había dicho a uno de sus rivales dentro de la organización que era hombre muerto. Un asunto de pugnas por el control de las rutas, de ganancias en juego y, sobre todo, de demostración de poder. Lo otro era su decisión de hacerse de su propio territorio, de independizarse de los "Aretes".

Fran Castillo, veterano pandillero, comandante de sicarios, declaró ante la justicia mexicana: "Me pusieron el dedo. La consigna era matarme. No lo hicieron cuando me atacaron en Rosarito porque me confundieron con uno de mis valedores".

Castillo había sido ya extraditado, se encontraba encarcelado en San Diego, desde donde era posible que se mantuviera como uno de los hombres fuertes de la Mafia Mexicana.

El teniente Pearson había mandado un mañanero saludo para el periodista mexicano con quien se tomó un café. El tipo ese que le dijo que había venido a Los Ángeles tras el Diablo.

> Nos tenían como presos, no podíamos salir. Tenías que estar limpio. Ni drogas ni alcohol. ¿Quién puede confiar en un vicioso?, nos decían. Sólo a veces, cualquier día, a cualquier hora, nos daban el chance de irnos por ahí. Estábamos francos, decían, como si fuéramos sardos. Era una casa cualquiera, bonita, estaba en una zona residencial. Con arbolitos a la entrada y una cochera

grande. Ni quién se imaginara que dentro habían construido un sótano tan grande como para que hubiera ahí cuartos, una bodega con armas y uniformes de varias corporaciones policiacas y hasta del ejército, lo que hiciera falta. Había también un salón de tiro y un pequeño gimnasio.

El Ingeniero era el jefe, daba las órdenes, fue quien se encargó de organizar las prácticas, los entrenamientos. Los instructores eran varios, usaban pasamontañas para que no los identificáramos. Hablaban sólo lo necesario y para referirse a nosotros nos decían "elemento". Eran profesionales y rigurosos, gente que había sido entrenada quién sabe dónde, de la "élite", decía el Guayabo, a quien conocí en ese lugar, un oaxaqueño desertor del ejército. Compartí el cuarto con él y dos hombres que apenas hablaban. Uno de ellos venía de Guatemala.

Todo era disciplina, una rutina diaria de entrenamiento militar, decía el Guayabo, quien me contó que tenía familia en Tuxtepec. Un par de hijos de los que no había sabido en años. Estaba prohibido hablar de nuestro pasado, decir quiénes éramos y nuestros nombres. Todos teníamos apodo.

El Ingeniero iba y venía por todas partes. Imponía respeto, daba miedo tenerlo cerca. Alto y moreno, llevaba el pelo cortado a rape. Usaba un viejo uniforme del que parecía sentirse orgulloso. Un uniforme verde olivo de algún ejército desconocido. Hablaba español con un acento raro. No era un gabacho, más bien era árabe, o judío decía el Guayabo. El Ingeniero no usaba pasamontañas, no le importaba que lo conociéramos. Tenía un rostro extraño, reseco. Imposible saber su edad. Un viejo con un cuerpo de atleta. Era de película con sus lentes oscuros siempre puestos, aunque el sol de la luz del día jamás llegara al sótano.

Los adictos y los débiles tronaban. Se iban. Supongo que sabían lo que podría sucederles si hablaban de la casa. Ese lugar no tenía nombre. Lo llamé escuela de asesinos.

De vuelta a Tijuana fui al Gran Hotel, gracias a los contactos del buen Neto. En cuanto pude llamé a México. Esperaban otra entrega de la historia del Diablo.

—Tienes hasta hoy en la noche –dijo Neto–. No puedo aguantarte otro día. Además, me tienes que decir con qué voy a ilustrar tu nota.

Del otro lado de la línea del teléfono de seguro Neto estaba frente a la pantalla de la computadora con algún texto al que era necesario "meterle mano", como le gustaba decir. Tal vez recortarlo o hacerlo crecer con un par de párrafos, además de verificar sus datos y darle una revisada a la sintaxis y la ortografía. Neto era un verdadero fanático de la precisión, del estilo, gracias a su trabajo nuestros reportajes y artículos se leían con fluidez. Un verdadero jefe de redacción, el último en irse al cierre de la revista en las interminables madrugadas de viernes.

—Cabrón, ni siquiera me has dicho cuánto espacio necesitas –dijo, con ese tono suyo. Neto era un buen colega, un veterano reportero al que la vida lo sacó de la calle y la nota diaria para convertirlo en un magnífico editor.

—No sé, tengo para mucho, tal vez cuatro planas... son veinte mil caracteres.

—Son tuyas... pero con una chingada dime con qué voy a ilustrar ese material.

Respondí que con algunas fotos de pandillas, tal vez de inmigrantes. Sabía que Neto iba a encontrar cómo completar el reportaje, a pesar de que el archivo fotográfico de *Semana* daba lástima y ya no había dinero para comprar algún servicio de fotos y mucho menos para pagar el salario de algún colega reportero gráfico.

Colgué y prendí la laptop. Había tenido suerte, mi cuarto estaba en el décimo piso. Desde lo alto miraba Tijuana y sus contrastes. La enorme bandera nacional hondeaba esa soleada tarde. Allá abajo estaban bien ubicados en el Boulevard Aguacaliente los negocios de comida rápida con sabor gringo. A lo lejos, los cañones que rodean a la ciudad, llenos de barrios y colonias habitadas por quienes hacen la vida en esta frontera, quienes, de alguna manera, cargan con la ciudad a cuestas: los obreros, los modestos empleados, los taxistas... los de a pie.

Había colocado la mesa frente a la ventana, dispuse sobre ella el material que daba sustento al reportaje que estaba por escribir, el cuaderno de pastas negras donde el Diablo narraba ese viaje suyo al norte; el par de minidiscos con las entrevistas que apenas había tenido tiempo de calificar gracias a las bondades de mi moderna grabadora; el expediente de Fran Castillo, que estaba seguro me había enviado el teniente Pearson.

Abrí el programa Word, ese espacio de blanco virtual que siempre me resulta una invitación, el lugar donde se configuran los reportajes. No basta con tener una buena historia, hay que narrarla, contarla, es necesario lograr que las palabras que la cuentan se encuentren una con otra y al hacerlo saquen chispas, que generen el fuego de la combustión interna de los textos.

Pero algo me faltaba, no terminaba de completar ese fragmento de la historia del Diablo. Había seguido sus pasos en la frontera, donde sufrió la pesadilla de las adicciones. Luego lo seguí a Los Ángeles, hasta el centro de la ciudad, donde fue uno más de los *homeless*. Fui de madrugada a ese barrio tomado por las pandillas para reconocerlo en la latente violencia de la jungla donde sobreviven los guerreros urbanos, pero no había estado en ninguna "escuela de asesinos", ese lugar donde René Arias aprendió a usar el R-15, donde lo entrenaron tan bien que aquella noche, la de la tragedia en San Jerónimo, no falló un solo tiro.

Recordé la nota publicada en varios periódicos un par de meses antes, el ejército y la policía federal, las huestes de la guerra del narco, habían tomado a sangre y fuego lo que llamaron una casa de seguridad del crimen organizado. Navegué por el mar de la información virtual hasta encontrarme con una nota publicada en un diario de Tijuana, la crónica de un reportero que logró entrar al lugar...

Se trataba de una casa en Lomas del Norte, un fraccionamiento residencial. Parecía absurdo que a menos de cien metros hubiera una escuela primaria, pero el sitio había sido elegido con toda intención, tenía un cerco de protección extra. Ese cerco había funcionado, el terror llegó una fría mañana de enero a la calle de Flor Idalia. Recordé aquellas imágenes transmitidas por los noticiarios de televisión, algún vecino había logrado grabar con la cámara de su teléfono portátil a los niños buscando refugio en pleno tiroteo. Una escena de cruel violencia: tres niños de los más pequeños corrían con las manos en la nuca escoltados por un par de policías federales armados con metralletas.

Después de que el tiroteo cesó, horas más tarde, cuando el ejército y la policía entraron a la casa, aquel reportero, quien supongo que por razones de seguridad no firmó su nota, logró entrar a la casa, colarse entre los funcionarios del Ministerio Público y los policías investigadores, tal vez cobrándole un viejo favor a un amigo.

Era una casa como cualquier otra de las de ese barrio de clase media, con arbolitos sembrados frente a ella. Los vecinos pensaban que estaba deshabitada, aunque en ocasiones veían movimiento. Llegaban camionetas de lujo y se iban rápido. Desde hace años, en Tijuana se sabe que no hay que sospechar de nada, que es mejor mirar a otro lado y seguir tranquilo. "En el interior de la casa –decía el reportero– había sólo un par de sillones y una pequeña televisión". El lugar no estaba habitado. Todavía en las blancas paredes de la estancia estaban las marcas dejadas por los disparos, además de los cristales rotos de los vidrios. Sobre el parquet del piso de la estancia había sangre esparcida, era como si hubieran arrastrado el cuerpo de alguno de los heridos. El saldo de aquella batalla era de tres muertos, dos sicarios y un policía. Nadie sabía cuántos heridos, las versiones entonces todavía eran confusas. Se sabía que varios hombres habían huido por la azotea de la casa.

Junto a las escaleras, para subir al segundo piso, estaba la puerta de un clóset, oculta dentro de ese clóset estaba la entrada al sótano. Un enorme sótano, que más allá de los metros ocupados por la casa se extendía bajo tierra. Al reportero le parecía increíble, lo que insistía en llamar una casa de seguridad del narco. Las armas encontradas y los uniformes estaban amontonados en lo que le dijeron era el lugar donde practicaban tiro al blanco, con esas siluetas con el corazón marcado que sirven para hacer más aguda la puntería. Tenían un equipo de primera. Lo que más asombró al colega fue el que las paredes del lugar estuvieran forradas de algo similar al corcho para evitar que se escucharan los disparos de las prácticas de tiro.

No encontraron ningún secuestrado, tampoco pensaban que en el lugar, como había sucedido en otras casas de seguridad, se pudieran hallar fosas clandestinas con los cuerpos de algunas víctimas de "levantones".

Al reportero no lo dejaron ir más allá del campo de tiro donde tenían los uniformes. Alcanzó a ver chalecos antibalas con el escudo de la policía federal, uniformes de campaña del ejército, también pantalones y camisolas negras de la policía municipal. Las armas formaban un verdadero arsenal, lo más sofisticado que se encontró en el lugar fue una bazuka.

No resistí la tentación de ir a esa casa, apagué la laptop y bajé por el auto al estacionamiento del hotel. No fue difícil llegar a Lomas del Norte, un fraccionamiento de clase media. Pasaban de las cinco de la tarde y muchos volvían de sus trabajos, quizás algún gerente bancario, el encargado de alguna maquiladora. Los profesores de la universidad, cuyo campus no quedaba muy lejos. Un barrio de clase media, donde a principios de año se escucharon ráfagas de tiros y hubo un enorme despliegue policiaco. Pregunté por la calle de Flor Idalia en una de esas tiendas donde encuentras de todo, la tienda de la esquina con sus refrescos, el pan Bimbo, las latas de atún, la leche envasada... La mujer que atendía el lugar con acento de culiche, me dijo: "¡Ah!, es donde está la casa de los tiros".

El lugar estaba abandonado, los pequeños árboles recién sembrados en las fotos que había visto a través de internet habían crecido. Me llamó la atención el letrero de "En venta". Había un teléfono que marqué de inmediato. Una grabación insistió en decirme que "el número marcado no existía". El portón estaba cerrado, un portón de metal en medio de la conveniente barda que ocultaba el interior de la casa. Imposible ver hacia dentro. Toqué el timbre de la casa de al lado y esperé. Esa casa, como otro par de las cercanas a la "casa de los tiros", estaba abandonada. Caminé por la calle, fui hasta la escuela primaria, nombrada Mariano Azuela en honor del escritor mexicano. A través de un enrejado gris pude ver un solitario patio escolar. De seguro cada vez iban menos alumnos a esa escuela marcada por la violencia. Regresé a la casa y aguardé por algo que no llegó a suceder, el golpe de suerte de los reporteros, tal vez un vecino que llegara de trabajar y yo me acercara a él cuando bajara de su auto. La vecina que sale a caminar todas las tardes y puede contar lo que sucedió aquella mañana. Alguien que a través de la ventana miraba la llegada de las lujosas camionetas y mejor cerraba la cortina.

Era un atardecer lleno de sol, grato, la calle seguía desierta y el tipo sospechoso estaba ahí, recargado en el Volkswagen negro en el que había llegado. El miedo cierra puertas y ventanas, impone el silencio.

Nunca sabíamos la hora, no había relojes. Tampoco radio ni tele. Nada. Para distraernos teníamos juegos de video. Hacíamos competencias. Dormíamos y despertábamos cuando nos decían. Comíamos bien. Nos traían comida preparada de algún lado. Dicen que a todo te acostumbras, sobre todo cuando te pagan y te pagan bien, pero yo extrañaba el tiempo, el saber si era de día o de noche.

Sólo veíamos a los instructores y al Ingeniero. Estábamos cansados de nosotros mismos, de esa gente con la que vives a fuerza. Si alguien se atrevía a pelear. Si no respetaba las reglas que jamás nos dijeron, podía irse. El irse era encontrar la muerte en cualquier lugar. Un tiro de uno de nosotros en los primeros "jales" que nos encargaron. Mataron al Guayabo y ni modo.

Se trataba de hacernos dóciles y eficaces como una máquina, nos dijo el Ingeniero. Conmigo lo lograron. Siempre estábamos ahí, calculo que pasaron semanas.

Quedábamos siete de los doce que entramos al principio. Nos llevaron al centro de Tijuana y tuvimos la noche libre. Nos iban a recoger a todos al Hotel Azteca, al otro día, en la mañana. Fue la locura. Comí. Bebí, fui a buscar una mujer y me llevé dos del Adelitas. Traíamos dólares, muchos dólares. Preferí andar solo, estaba harto de aquella gente.

Me quedé en la calle hasta que amaneció. Lo mejor de esa noche fue encontrarme otra vez con el tiempo, con las horas que pasan y el amanecer que llega al terminar la noche.

La demencia de los días que corren, ese absurdo donde se mata para vivir, la cruel supervivencia en una sociedad donde abundan los asesinos que eliminan de su camino a quien estorba. Esos personajes no siempre matan de manera metafórica, la vida para ellos significa poco: más poder, más dinero. La gula y la avaricia es el motor de muchos asesinos a quienes se considera gente de éxito. Los pobres diablos son los otros.

Al Diablo del diario que leo de madrugada lo quebraron. Lo que sigue en ese cuaderno escrito, supongo que en las soledades del cuarto de la casa de San Jerónimo, son textos delirantes y breves, una sucesión de muertes y cruel violencia. La tortura como método de trabajo, la ejecución como recurso para imponer respeto y negociar. Víctimas y más víctimas, sin que importe demasiado su edad, su sexo o condición, aunque la mayoría de los muertos eran otros tipos cuyos cuerpos nadie iba a reclamar; sicarios, narcomenudistas, o simples aprendices de la violencia a los que la muerte sorprendió al inicio del camino de su propio infierno.

> Era un chavito, lo levantamos en la Hidalgo. El encargo era dejar el cuerpo marcado. Un mensaje para los de alguna pandillita que quería pasarse con el negocio. Lloraba y lloraba. Usamos navajas. Lo marcamos todo. Antes de darle el tiro de gracia, le cercenamos el pito y se lo pusimos en la boca. El cuerpo lo dejamos en su barrio. Nadie de esa pandillita volvió a pasarse. El negocio era del jefe y él decidía quién controlaba las calles, cuántas tienditas del narco se abrían y en dónde. Nadie más.

También matamos policías, muchos policías. Me acuerdo de aquellos ministeriales a los que se los cargó la chingada afuera de los juzgados. Todo fue muy rápido, los rafagueamos. Recibíamos órdenes y nada más. Fuimos tras un periodista y no fallamos. La mayoría de las veces ni siquiera sabíamos quiénes eran los muertos. Sólo nos decían dónde encontrarlos y atacábamos.

Levantamos a muchos. Los topamos en la calle, en su casa, al salir de su trabajo o donde fuera. Operábamos como un comando, un comando negro. A veces tendimos redes de protección para que el jefe se trasladara. Sus escoltas nos daban indicaciones. También hicimos favores especiales. Mandamos mensajes de cuerpos decapitados a los de la Procuraduría y el ejército.

No sólo andábamos en Tijuana, cerca de Rosarito levantamos a una familia entera. Muchas veces nos transportaron por carretera, horas y horas hasta llegar a algún poblado en Sonora o Sinaloa y hacer lo que nos habían dicho que teníamos que hacer.

Leo las páginas del diario, los textos más espeluznantes son aquellos donde el horror de la violencia se narra de manera neutral, fría. Un mero recuento de los hechos. El inventario de la tortura y la muerte.

El Ingeniero a veces aparecía en los lugares a donde llevábamos a los levantados. Llegaba ya cuando estaban blanditos. Los golpeábamos. Amarrados de pies y manos, con los ojos vendados, ni siquiera podían llorar. Eran sólo masas de carne. Cosas con pies y manos. Cosas que se iban a morir. El Ingeniero era profesional. Encontraba siempre la manera de que le dijeran lo que quería oír. Si el encargo era dejar marcas de dolor, enviar el mensaje a alguien con esos cuerpos, lo hacía siempre de la mejor manera.

Muchas veces llevamos los cuerpos metidos en bolsas grandes de basura a los pozoleros. Tambos llenos de ácido y cal para no dejar esos muertos por ahí en cualquier lugar. A otros, nosotros mismos los sepultamos, sobra dónde en los apartados caminos de la frontera.

Nos llevaron a Guerrero. En Acapulco perdimos. Alguien nos traicionó y mataron a cinco de los negros.

Entre ellos estaba aquel guatemalteco de quien nunca supe su nombre y llamábamos el Compa. Para entonces traía encima muchos muertos. Los soñaba. Eran muertos como los muertos de los jueguitos de video con los que me pasaba las horas del encierro. Era el campeón, el que más puntos hacía dentro y fuera de la pantalla.

Pero los negros muertos, los que cayeron cuando ese ataque eran como yo. Me escapé por la azotea. No paré de correr entre tinacos de agua, domos y cables. A lo lejos escuché las sirenas y luego más tiros. Si alguna vez me iba a escapar de la muerte, a decirle adiós, era entonces. Estaba cerca de San Jerónimo.

Y al Diablo lo dieron por muerto. Nadie identificó ni reclamó los cuerpos de los caídos en la masacre de Las Brisas, como la titularon los periódicos. Poco más de un año después ocurrieron las muertes de San Jerónimo.

Quizás afloraron viejos conflictos entre los hermanos. Una historia de celos y amor prohibido con la cuñada los llevó a enfrentarse. Pudo ser que el negocio del narcomenudeo diera problemas y molestara al hermano, que prefirió quedarse en casa cuando el otro se marchó al norte. Las otras muertes sólo sucedieron. Llegaron los policías, lo atacaron. Los despojó del R-15 que también sabía usar.

El Diablo era una bomba de tiempo. Lo que mejor sabía hacer en la vida era matar.

Apenas tenía tiempo de escribir el reportaje. En ocasiones lo mío es una carrera de resistencia, se trata de encontrar las piezas del tramado, de armar el rompecabezas del contenido, esos fragmentos de la historia que línea tras línea se desarrolla en la página de la pantalla de la computadora. Quería narrar el itinerario de un muchacho cualquiera. Un inmigrante que se va al norte y regresa cargado de muerte.

Horas después estaba de regreso a la realidad de mi cuarto de hotel. Terminé el reportaje y lo mandé por la red. Antes de llamar a Neto vi que ya pasaba de la una de la mañana. Sentí hambre y bajé al restaurante del hotel, que ya estaba cerrado. Tomé el vocho y me fui a meter a un restaurante abierto las veinticuatro horas. Me senté en una mesa cualquiera y esperé por la costilla asada que había pedido. El lugar estaba vacío, en las ciudades tomadas por el narco hay que recogerse temprano.

A la mesa de enfrente llegó una mujer, imposible saber su edad, una muchacha a la que se le había venido encima la edad. Una mujer madura que conservaba su belleza. Había algo en ella que inquietaba, una dosis de misterio, lo indefinible de su edad y apariencia. Maquillada de manera vistosa, con los labios de intenso rojo y los ojos delineados por un brillo plateado. Sus movimientos eran elegantes y medidos, parecía una princesa ajena a esa noche en Tijuana, en ese restaurante abierto a toda hora, donde éramos los únicos clientes.

Estaba asombrado ante el espectáculo de esa extraña belleza. Ella descubrió que la miraba y me sonrió. Cómo decir la impresión que me causó, el efecto devastador de ese gesto suyo que era como una incitación a seguirla mirando, a contemplarla en silencio.

En algunas madrugadas puede pasar de todo, encuentros entre personajes venidos de distintos planetas, cruces de tiempos y dimensiones sugeridos por el azar. Miraba a la mujer, ella miraba por la ventana a la solitaria avenida de esas horas en la madrugada.

El restaurante y sus muebles de mal gusto, esos intensos colores, la mesera que se había marchado y nosotros solos en ese lugar, ajenos el uno al otro hasta que ella vio que la miraba y me volvió a sonreír.

Así seguimos por un rato, acompañados por quién sabe cuántas soledades mutuas. La música de fondo de nuestro romance, de esas miradas con las que nos aproximábamos, era la de ese restaurante veinticuatro horas abierto, sosa, de ambiente, plástica. Aunque el lugar parecía repelente a los sueños, se pobló del deseo sugerido por los encuentros de nuestras miradas, por esas sonrisas suyas invitándome a dar el primer paso para cruzar el precipicio y llegar al otro lado, donde quizá me esperara su abrazo.

Necesitaba despojarme de tanta realidad que traía a cuestas, de las horas de trabajo, de la ciudad entera que nos rodeaba y asomaba su presencia oscura desde las ventanas. Necesitaba dejar atrás los tres días anteriores a esa madrugada. Quería despojarme del tipo de lentes y aspecto de profesor que se me aparece en los espejos, para ser otro. Ese otro dispuesto para la mujer de la mesa del otro lado del restaurante.

Me atrevería a levantarme de mi sitio y caminar hasta donde ella estaba. Decir cualquier cosa que a ninguno de los dos le importara para luego, lo más pronto posible, irnos juntos a cualquier lugar más propicio para nuestro encuentro. Ese lugar tendría que ser el cuarto de mi hotel y su desorden de oficina, con los materiales que usé para escribir el reportaje, el expediente aquel, los minidiscos y el cuaderno con el diario del Diablo, dispersos por la mesa y la cama, donde íbamos a terminar lo sugerido por esas sonrisas suyas y mis ansias de conocer el sabor de esa piel de un blanco extremo, un blanco platinado como su pelo y las largas uñas de sus manos. Esas uñas que marcaron mi espalda con salvajes y tiernos arañazos.

Desperté tarde, con la sensación de que la realidad a veces se difumina, de que sus convenciones y límites se inclinan ante lo que puede ocurrirte una afortunada noche. Aquella mujer, quien me pidió la llamara Indra, había dejado en mi cama de hotel su aroma. El dulce y salado olor de sus efluvios mezclado con ese perfume penetrante y dulce que debía ser caro.

Se había marchado al amanecer, no quiso que la llevara adonde iba. ¿A su casa?, ¿a la terminal de autobuses?, ¿a un lugar de retiro para enfermos mentales?, ¿al otro lado de la frontera?, ¿a su nave espacial?...

Nos dimos el uno al otro desesperadas caricias, el amor que se inventan dos desconocidos. Fornicar sin freno, como las inocentes bestias. Luego el silencio, su agitada respiración, su cuerpo sobre el mío, la ternura de su suave presencia al alcance de mi mano.

Quién iba a decir que íbamos a hablar tanto sin decirnos nada. Los juegos que inventamos sin saberlo. Nada de hablar de nosotros. Escuché a Indra decir extraños poemas suyos, cantar en un rumor palabras que no alcancé a comprender. Me di cuenta de que para entonces llevaba metido en el diario del Diablo días y días. Indra me pidió que le hablara de cuando era niño, de lo que recordaba de entonces, sobre todo de mis sensaciones. Inventé lo que quise, pero de eso se trataba el juego.

Aquí me dejó, en la cama, donde todavía estoy acostado, a pesar de que sé que es tarde. Me dejó con esos olores suyos. Indra, la mujer del pelo platinado, de la blanquísima piel sabor a la ilusión de ser otro en sus brazos.

Indra y esas enormes alas que arrastraba al dar titubeantes pasos al amanecer, cuando buscó su ropa en la penumbra y se marchó sin hacer ruido para no despertarme.